KB078625

FUSION FANTASTIC STORY
다크홀릭 퓨전 판타지 소설

건들면 죽는다 10
다크홀릭 퓨전 판타지 소설

초판 1쇄 찍은 날 § 2015년 4월 13일
초판 1쇄 펴낸 날 § 2015년 4월 20일

지은이 § 다크홀릭
펴낸이 § 서경석

편집부장 § 권태완
편집책임 § 박용서

펴낸곳 § 도서출판 청어람
등록번호 § 제387-1999-000006호
등록일자 § 1999. 5. 31
어람번호 § 제1-2101호

주소 § 경기도 부천시 원미구 심곡2동 163-2 서경B/D 3F (우) 420-822
전화 § 032-656-4452팩스 § 032-656-4453
http://www.chungeoram.com
E-mail § chungeorambook@daum.net

© 다크홀릭, 2013

ISBN 979-11-04-90199-7 04810
ISBN 978-89-251-3509-0 (세트)

CONTENTS

Chapter 01

폭풍처럼…

건들면죽는다

1

퐁뜨 산의 폭스단원들과 짐머만 영지군이 함께 모여 있는 곳.

총인원만 사천이백 명이나 되는 그들에게 복수를 하겠다고 나타난 자들은 모두 합쳐도 겨우 열여덟 명이다.

처음 그들이 눈앞에 나타났을 때만 해도 다들 입가에 미소를 짓고 말았다. 바로 비웃음이다. 아니, 사실 안쪽에 있었던 폭스단주나 짐머만 자작은 그런 자들이 나타났다는 것조차 거의 모르고 있었다.

워낙 허접한 적이라 보고조차 하지 않고 있었기 때문이다. 바로 그럴 때 더욱 가소로운 일이 벌어졌다. 열여덟 명이 모두 덤벼들어도 시원찮은 판국에 꼴에 기사랍시고 달랑 한 사람만 말을 타고 달려들었던 것이다.

두두두두…

"모두 비켜라!"

"저놈을 막아라!"

"네!"

자신들의 진영 안에 낯선 사람이 뛰어들어 그냥 날뛰는 것을 구경만 할 그들은 절대 아니다. 그랬기에 누군가의 명령이 떨어지자마자 이곳에 먼저 자리 잡고 있던 폭스단원들이 인의 장막을 치기 시작했다.

말이 아예 나갈 수 없도록 막으려는 수작이다. 일단 길목만 막아놓으면 난다 긴다 하는 기사라고 해도 한 사람쯤 잡아들이는 것은 일도 아니라고 생각했다.

그런데…

"비키라고 했다!"

부웅~ 퍽!

"켁!"

퍽퍽! 퍽!

"끄아악!"

"커흑!"

그의 앞을 가로막던 자들이 순식간에 기다란 몽둥이 같은 것에 얻어맞고는 피를 토하며 쓰러졌다.

문제는 그 힘이 어찌나 강했던지 그냥 쓰러지는 것이 아니라 무려 십 미터 이상이나 날아갔다는 점이다.

멀쩡한 장정을 후려치기만으로 십여 미터를 날리는 것은 절대 아무나 할 수 있는 일이 아니었다.

주춤주춤…

그 덕분에 말을 막아서기 위해 우르르 몰려들던 자들이 죄다 몸을 사렸다. 하지만 이곳은 그들의 진영이다. 잠깐 겁을 집어먹기는 했지만 인간이란 무리를 짓고 있으면 겁이 사라지는 법.

"무엇들을 하는 게냐! 어서 저놈을 잡아라!"

"와아아아~!"

앞쪽에서 잠깐 주춤거리던 자들을 밀어내며 뒤쪽 열에 있던 자들이 함성을 지르며 떼거리로 뛰쳐나왔다.

하지만 그들은 뛰쳐나오는 속도보다 훨씬 빠르게 사방으로 날아가 버리고 말았다.

"비키라니까!"

위잉~ 퍽! 퍽퍽! 퍽!

"으아악~!"

"크헝!"

"끄악!"

그저 조금 전 잘라낸 아이언 우드 몽둥이를 가볍게 휘두른 것뿐인데 적들은 마치 일부러 그 몽둥이에 몸을 갖다 대고 비명을 지르며 튕겨 나가는 것처럼 보일 정도다.

절대 혼자 그렇게 멀리 날아갈 수는 없겠지만 말이다.

"누가 너희들 수장이냐? 당장 안내해라!"

"미친놈! 어서 저놈을 죽여라!"

잠깐 사이에 수십 명이나 나가떨어졌지만 적들의 숫자에는 큰 변화가 없어 보였다. 기껏해야 조무래기 수십 명이 당했다고 전체 무리가 동요할 리도 없었다. 그랬기에 그들보다 더 강하고 계급이 높은 자들이 순식간에 나타났다.

물론 그렇다고 기가 죽거나 질릴 손은 아니었다.

오히려 그에게는 지금의 상황이야말로 즐거움의 시작이라고 할 만했다.

"좋게 말로 하려고 했더니 무지한 자들이라 그런지 소용이 없군. 그렇다면 매를 들 수밖에… 타핫!"

두두두두~

위잉~ 퍼억! 퍽퍽!

"끄아악~!"

"케엑!"

손의 매질에는 실로 무서운 힘이 담겨 있었다. 이는 그가 지금 그만큼 폭스단에 대해 화가 나 있어서 그런 것도 있겠지만 조무래기들에게 공포심을 심어주어 좀 더 빨리 수장들을 만나기 위한 수단이기도 했다.

그랬기에 아까와는 달리 지금 얻어맞는 자들 가운데는 팔다리가 잘려 나가는 자들도 간간이 보였다.

그건 보고 있던 모두에게 실로 섬뜩한 느낌을 던져 주고 있었다.

"저, 저 정도일 줄이야… 눈 깜짝할 사이에 벌써 백여 명이나 박살 내버리다니… 아무리 약한 병사들이라 해도 실로 놀랍구나."

"그, 그러게 말입니다. 하지만 아무리 그렇다고 해도 적들이 이렇게나 많은데 복수가 가능할까요?"

테우신 영지의 기사대장이었던 월터가 감탄을 하며 그렇게 중얼거리자 블루 기사단장 드몬테가 맞장구를 치면서도 우려의 말을 했다.

하긴 벌써 백여 명의 적을 박살 냈다지만 아직 적은 사천일백 명이나 있는 것이다. 그것도 당한 자들보다 더욱 강한 자들이 부지기수로 말이다.

절망적인 말이 나올 만도 한 대목이다.

"제군들도 마찬가지였겠지만 애초부터 우리는 복수에 성공하기 위해서 따라온 것이 아니었다. 다만 우리 병사들의 죽음을 보고 분노하는 저분의 용감한 모습에 끌려서 온 것일 뿐… 그런 이상 이곳에서 뼈를 묻는 한이 있더라도 통쾌하게 적들과 싸워보자. 먼저 가버린 동료들을 위해서 말이다."

"알겠습니다! 그럼 어서 저분의 뒤를 따릅시다. 이러다가 놓치겠습니다."

월터의 말에 다른 사람들도 얼른 그렇게 나섰다.

사실 알고 보면 이들에게 있어 지금은 도주할 수 있는 좋은 기회였다.

손은 이미 적진 깊숙이 들어간 상태고 마법사 멀린은 그저 지켜보기만 하고 있었기 때문이다. 이럴 때 잽싸게 뛰면 살 수 있을 가능성이 높았다.

그러나 단 한 사람도 물러설 생각을 하지 않고 있었다.

바로 그때, 갑자기 멀린이 한 걸음 나서더니 그들의 앞을 막았다.

"잠깐 기다리시오!"

"하명하실 일이라도 있으신지요?"

월터가 공손한 태도로 물었다.

멀린은 폭스단의 폭탄 공격 때 엄청난 마법 능력을 발휘해 자신들의 목숨까지 살린 사람이다. 절대 함부로 대할 사람이 아니라는 뜻이다.

"같이 싸우러 가는 것은 나도 반대하지 않겠소. 대신 어떤 경우가 벌어지더라도 여러분들은 흩어지면 절대로 안 되오. 이 점을 명심하시오."

"적과 싸우려면 어느 정도 분산해서 싸워야 하지 않을까요?"

멀린의 말에 월터가 고개를 갸웃거리며 되물었다.

자신들은 손의 전투를 구경하러 가려는 것이 아니라 싸우러 가는 것이다. 그런데 흩어지지 말라고 하다니… 어리둥절해질 만도 했다.

"당신들이 적과 싸운다고? 허허… 그것 참… 내가 왜 주군을 따라온 것인지 아직도 모르겠소?"

"함께 싸우려고 온 것 아닙니까?"

월터와 그의 일행들은 멀린이 혼자서 그 무시무시한 폭발을 막아냈던 것을 직접 목격했었다. 태어나서 지금까지 멀린처럼 대단한 마법사를 본 적이 없을 정도다.

그런 그가 손과 함께 오게 되었을 때 이들은 모두 한결같은 생각을 했었다. 그건 바로 무서운 공격 마법을 볼 수 있을 것이라는 점이었다.

"당신들 생각은 틀렸소. 나는 함께 싸우기 위해 따라온 것이 아니라 당신들을 보호해 주기 위해 온 것이오. 애초부터 그런 명령을 받았다는 말이오."

"네에? 그, 그럼 진짜 저분 혼자 싸우게 두신다는 말씀이십니까? 우리 모두는 그걸 구경만 하고요?"

이 대목에서 월터와 그의 일행들은 경악하고 말았다. 얼마나 놀랐던지 모두 입을 딱 벌린 채 굳어버렸을 정도다.

하지만 그런 상태도 오래갈 수는 없었다. 어느새 손을 포위해 버린 적들이 그들을 향해서 엄청난 화살을 쏟아붓기 시작해서다.

"쏴라!"

펑펑펑펑!

"실드~!"

투투투툭!

그리고 그제야 그들은 멀린이 따라온 목적을 확실히 알수 있었다. 몇 백 명이 넘는 궁수가 쏘아대는 화살의 비를 막아줄 수 있는 사람은 그가 유일했던 것이다. 이런 상황을 맞이하게 되자 월터와 일행들의 걱정은 더욱 커졌다. 손의 옆에는 멀린처럼 마법의 보호막을 쳐 줄 마법사가 없기 때문이다.

"저, 저기를 보십시오. 적 궁수들 대부분이 총사령관님을 향해 화살을 쏘기 시작했습니다."

"오, 맙소사!"

레드 기사단장 슈리케의 외침에 모두의 시선이 슌이 있는 쪽으로 향했다.

하지만 아무도 슌의 모습을 볼 수가 없었다.

그 순간, 헤아릴 수 없을 만큼 무지막지한 양의 화살이 허공을 완전히 뒤덮었던 것이다.

2

하늘을 완전히 뒤덮으며 날아가는 화살의 위용은 정말 섬뜩하면서도 장관이었다.

그것을 보면서 화살을 날린 자들은 물론, 보고 있던 슌의 일행들마저 안타깝지만 이제 곧 슌이 비참한 모습으로 쓰러질 것이라고 여길 수밖에 없었다.

거의 전설로만 회자되고 있는 소드 마스터라고 해도 저렇게 화살의 비가 쏟아지고 있는 상황에서는 방법이 없을 것이라 여겼다.

그런데… 그런 모두가 입을 쩍 벌린 채 기절할 만큼 놀랄 만한 일이 벌어졌다.

"가소로운 것들!"

촤르르르~틱틱틱!

"저, 저럴 수가……."

"오오… 저, 저분은 역시……."

손의 일갈과 함께 그의 몸이 허공으로 쑤욱 솟구쳤다. 그러면서 그가 들고 있던 몽둥이가 그 무지막지한 화살들을 퉁겨내고 있었다.

하지만 모두를 놀라게 한 행동은 그게 끝이 아니었다.

"감히 내게 화살을 쏘다니… 그게 얼마나 어리석은 짓인지 똑똑히 보여주마!"

쌔에에엑~두두두두둑!

"크아악!"

"으악!"

"케엑!"

허공에 떠 있는 손의 시선이 한쪽으로 향하더니 곧 그의 몸도 번개처럼 시선이 머문 곳으로 날아갔다.

거기에는 방금 활을 쏘았던 폭스단과 짐머만 영지군의 주력 궁수대가 밀집되어 있었다. 그리고 그곳은 삽시간에 처절한 지옥으로 변해갔다.

흥분해서 날뛰고 있는 손은 마치 양 떼의 무리 속에 뛰어든 배고픈 늑대와도 같았다.

양이 아무리 많다 한들 감히 늑대에게 반항할 수는 없는 법. 그들은 비명을 지르며 이리저리 날아가고 쓰러져 갔다.

"으으… 악마다. 악마가 나타났다! 어서 도망쳐… 케엑!"

"전원, 후퇴하… 크악!"

과거 크롤 백작의 대군과 싸울 때와 지금은 완전히 달랐다.

그때는 자신의 위용을 보여 항복을 종용했기에 큰 희생이 없었지만 지금은 분노와 흥분에 휩싸여 있는 상태다. 물론 적당한 힘을 쓰고 있어서 대부분 목숨은 건질 수 있었다. 그러나 팔다리가 잘린다거나 내부가 터져서 큰 부상을 입는 자들은 끊임없이 속출하고 있었다.

그 광경은 공포, 그 자체였다. 오죽했으면 그와 함께 온 일행들마저 덜덜 떨고 있었겠는가.

"저, 저 정도였다니… 멀린 마법사님, 대체 저분의 능력은 어디까지입니까? 한 사람의 힘으로 수천 명을 공포 속으로 몰아넣는다는 것이 말이나 되는 일입니까? 우리가 지금 환각 속에 빠져 있는 것은 아니겠죠?"

"나도 저분 능력의 끝은 알 수가 없소. 다만 그 누구라도 저분을 화나게 하면 절대로 무사할 수 없다는 것만 알 뿐… 그리고 저분이야말로 대륙 최고임을 장담할 수 있지. 허허…….."

왕국 최고가 아니라 대륙 최고라고 하는 데도 그 누구 하나 반박하지 못했다.

그들 역시 평생을 검과 함께 살아왔지만 저런 괴물은 본 적도 들은 적도 없었기 때문이다.

어쨌든 그러는 사이 적진에서 또 다른 변화가 일어나고 있었다.

뿌우웅~!

"모두 물러서라!"

"물러서라신다!"

"우우우……."

단 한 사람 때문에 그를 둘러싸고 있던 수백 명의 기사와 병사가 후퇴하기 시작했던 것이다.

물론 그렇다고 완전히 물러나는 것은 아니었다. 단지 더 강한 자들이 등장하기 위한 준비였을 뿐…

"네놈의 정체가 무엇이냐? 대체 누구이기에 우리 병사들을 학살하려는 것이냐는 말이다!"

"학살이라고? 큭큭… 우리 병사들에게 폭탄까지 던진 놈들치고 말하는 게 참 뻔뻔하구나. 그렇게 함부로 지껄이고 있는 너는 누군데?"

수많은 병사들을 제치고 나타난 자는 바로 짐머만이었다. 그는 거만한 자세로 등장하더니 말하는 투도 안하무인이었다. 그런 식으로 나오는 자에게 고운 말을 할 리가 없는 숀이다. 그는 아예 한 술 더 떠서 마치 어린아이에게 대꾸하듯 말을 했다.

"이런 발칙한 놈 같으니라고! 나는 칼론 왕국의 자작이자 용감한 기사 짐머만이다! 다시 묻겠다. 네놈은 누구냐?"

"내가 누구인지는 알 것 없고 딱 하나만 묻겠다. 아까 폭탄을 날리라고 지시한 자가 누구냐? 그것만 말해라."

손의 이런 답변에 짐머만은 그야말로 기가 막히고 코가 막혔다.

여기는 자신들의 군영이다. 사방을 둘러봐도 온통 자신들의 군인들뿐이건만 그것을 빤히 보면서도 저따위 시건방진 말이나 지껄이고 있는 손의 정신 상태가 의심스러웠다. 맨 정신으로는 절대 저럴 리가 없다고 판단한 탓이다. 그렇다고 화가 나지 않는 것은 아니었다. 아니, 오히려 정신 나간 놈에게 조롱을 당한다고 생각하니 더욱 부아가 치밀었다. 그랬기에 그는 자신이 한 짓이 아닌 데도 감정적인 대답을 던지고 말았다.

절대 그래서는 안 되는 것이었는 데도 말이다.

"내가 그랬다. 왜? 불만인… 허억!"

팟! 불쑥!

"네놈이 그랬다고?"

그는 태어나서 이렇게 놀란 것은 처음이었다. 무려 사오십여 미터는 떨어져 있었던 것 같았는데 자신의 대답이 떨어지자마자 그의 코앞에 손이 불쑥 나타났다. 어느새 자신의 멱살까지 잡은 채 말이다.

그 자신뿐 아니라 보고 있던 병사들과 심지어 약간 떨어진 채 이곳으로 오고 있던 폭스단장까지도 기겁을 할 일이었다.

"그, 그게 아니라……."

어찌나 놀랐던지 기세당당했던 짐머만이 오줌까지 지리며 더듬거렸다. 그러자 손은 그런 그의 볼 따귀를 사정없이 내갈겼다.

철썩철썩!

"크억!"

"똑바로 말해라! 네놈이 폭탄을 쏘라고 했나?"

그 한 방으로 짐머만의 옥수수가 와르르 쏟아져 내릴 정도다. 그는 순간적으로 자신이 지옥의 사신을 만났다고 생각했다.

"제, 제가 아닙니다! 저자가… 저자가 그, 그랬습니다."

스윽…

"저자가?"

병사가 아무리 많으면 무엇하겠는가. 이미 자신은 사신의 손아귀에 잡혀 있는데…

그게 짐머만의 모든 이성을 앗아가 버렸다. 그랬기에 그는 이쪽으로 다가오고 있던 폭스단주를 가리키며 필사적으로 대답했다.

그러자 숀의 눈이 그쪽으로 향했다. 그다지 힘을 준 눈빛은 아니었지만 폭스단주는 왠지 온몸에 소름이 돋는 느낌을 받았다. 상식으로 설명할 수 있는 일은 아니었다.

끄덕끄덕…

"흐음… 너는 일단 쉬어라."

빠악!

"컥!"

풀썩… .

기세당당이고 나발이고 없었다. 딱 한 방으로 짐머만은 마치 바람 빠진 풍선처럼 바닥으로 꺼져 버리고 말았다.

숀은 그런 그는 쳐다보지도 않은 채 이번에는 도끼눈을 뜨고 있는 폭스단주를 향해 다가갔다. 아까처럼 갑자기 날아가는 것도 아니고 그저 천천히 걸어가고 있었건만 그의 앞을 가로막는 자는 단 한 사람도 없었다.

"이, 이건 정말 엄청난 일입니다. 사천 명이 넘는 적진 한가운데를 마치 제집처럼 오가는 분이 계실 줄이야… 오오… 저분은 신인이십니다!"

한때 테우신 영지군의 기사대장이었던 월터가 떨리는 목소리로 말하자 그 뒤를 이어 멀린이 담담한 어조로 대꾸했다.

"그걸 이제 알았나? 만일 자네들이 계속 저분에게 반항을 했었다면 지금쯤 벌써 차디찬 땅속에 묻혔을지도 모른다네. 저분은 항복하는 자들에게는 한없이 너그럽지만 반항하는 자들에게는 가차 없으시거든. 그걸 꼭 명심해야 할 거야."

그런데 분명 나지막하고 속삭이는 듯싶은 그들의 대화는 놀랍게도 이 주변 일대에 있던 모두의 귀에 똑똑히 들리고 있었다. 그건 바로 음흉한 멀린이 매직 보이스라는 마법을 이용해 일부러 모두가 들을 수 있게 하였기 때문이다.

그의 의도는 단 한 가지였다. 그건 바로 '항복하면 살고 반항하면 죽는다'였다.

그건 이를 앙다물고 손을 노려보고 있는 폭스단주의 귀에도 똑똑히 들리고 있었다.

Chapter 02

크림겔

건들면죽는다

1

    '퐁뜨 산의 폭스(fox)단'을 이끌고 있는 단주 크림겔은 천민 출신이었다. 그는 백정의 아들로 태어나 어린 시절 귀족들에게 부모를 잃고 곧바로 노예가 된 사람이었다.

    이후 운 좋게도 다 죽어가던 기사 한 명을 구해주는 바람에 상승 검술을 익힐 수 있었다. 하지만 그 기사까지도 왕국의 권력 다툼에 휘말려 들어 죽어버리는 바람에 그는 삶에 회의를 느꼈는지 무턱대고 산적의 소굴로 들어간다.

이후 검술을 극한까지 익히며 산적들의 우두머리가 되었으며 인근 산적들까지 모두 통합해 버리는 위업을 달성한다. 그리고 마침내 '퐁뜨 산의 폭스단'이라는 용병 단체를 조직했던 것이다.

실로 무에서 유를 창조해 낸 입지전적인 인물이 바로 크림겔이었다.

"정말 대단하군. 적이지만 칭찬해 주고 싶을 정도야."

"당신이 폭탄을 날린 주범인가?"

숀은 크림겔을 방금 전 단번에 제압을 했던 짐머만과는 조금 다르게 대했다.

그때는 상대를 흥분시키는 말투였지만 지금은 반말이라고는 해도 제법 상대를 존중해 주는 것 같았다. 그건 숀이 크림겔을 만난 순간 어쩌면 그에게서 자신의 어두운 단면을 발견해서 그런 것일지도 모른다. 아니, 분명 그럴 터였다. 그렇지 않고서야 벌써 정리했어야 할 크림겔에게 이런 뻔한 질문을 던질 리가 없었다.

"그렇다. 또 비겁하니 어쩌니 하는 말은 사양하겠다. 아마 당신이 내 입장이라고 해도 같은 방법을 썼을 테니까."

"후후… 하지만 비겁한 것은 맞아. 나라면 폭탄보다는 더 즐거운 방법을 썼을 테니까 말이야."

"그런가? 과연 배짱이 두둑한 사람다운 말이로군. 그러나 전쟁은 멋으로 하는 게 아니지. 죽느냐 죽이느냐 하는 문제이니까. 나는 불쌍한 수하들이 죽는 것보다는 치사하고 비겁하다는 말을 들을지언정 백 번을 싸워도 빨리 싸움을 끝내는 방법을 선택하겠네."

얼핏 보면 두 사람은 마치 오래된 친구가 아닐까 싶을 정도로 다정하게 대화를 나누었다. 비록 그 내용은 섬뜩하지만 말이다.

'흐음… 이자… 왠지 마음에 들어. 나의 과거와 비슷한 듯하고 수하들을 아끼는 마음도 쓸 만한 것 같네. 쉽지는 않겠지만 회유를 한번 해볼까?'

숀은 속으로 이런 생각을 하며 크림겔의 표정을 유심히 살폈다.

어떻게 하면 이자를 수하로 삼을 수 있을지 고민을 하고 있는 것이다.

"수하들을 진짜로 위한다면 항복해라. 그게 내가 자네에게 베풀 수 있는 최고의 자비일 테니까."

"내가 항복하면 수하들까지 다 살려주겠다는 뜻이냐?"

숀의 말에 크림겔은 의외로 차분한 어조로 물었다.

그러면서 주변을 한번 스윽 하고 훑어보았다. 순식간에 쓰러져 버린 병사들을 바라보는 그 눈빛에는 왠지 아픔이 묻어나는 것 같았다. 최소한 숀은 그것을 느낄 수 있었다.

"물론이지. 이후 그대가 어떻게 하느냐에 따라 그들 모두를 나의 병사로 편입시킬 의향도 있다."

크림겔이 수하들을 사랑하고 있다는 것을 확신한 숀이 이런 제안을 했다.

그러자 폭스단 쪽에서 덩치가 우람한 자가 손에 대검을 든 채 앞으로 나섰다.

"보스! 저런 천둥벌거숭이 같은 놈의 말은 들을 필요도 없습니다. 제가 나가서 당장 목을 벨 테니 저를 내보내 주십시오!"

그는 폭스단 안에서도 최고의 실력가로 손꼽히는 만당가라는 자였다. 평소 크림겔을 신처럼 떠받드는 그였기에 더 이상 숀의 건방진 태도를 그냥 둘 수 없었던 모양이다.

"만당가, 어서 뒤로 물러나라! 그는 네가 상대할 수 있는 사람이 아니다!"

"하, 하지만……."

"네놈이 지금 나의 명령에 불복하겠다는 것이냐?"

"죄송합니다! 보스."

주춤주춤…

크림겔의 한마디에 만당가는 고개를 푹 숙인 채 뒤로 물러서고 말았다. 비록 용병의 무리였지만 위계질서가 얼마나 철저한지를 보여주는 대목이기도 했다.

"방금 보았나? 이처럼 우리 수하들은 당신의 진짜 실력을 모르고 있어. 그래서 하는 말인데… 나와 우선 한바탕 싸워보는 것이 어떻겠나?"

"보기보다 현명하군. 좋아, 당신에게 기회를 한 번 주지. 어서 검을 뽑아라."

왜 싸워야 하는지는 명확해 보였지만 두 사람은 싸움의 대가에 관해서는 일언반구도 하지 않았다.

이기면 무엇을 해주겠다던지 하는 그런 대가 말이다. 그것은 마치 말을 하지 않아도 이미 정해놓은 것 같아 보이기도 했다.

아직 그게 무엇인지는 알 수 없었지만…

스르릉…

"이 검은 삼십 년 전 나에게 검법을 가르쳐 주신 분께서 남겨주신 유일한 유품일세. 나는 지금까지 이 검을 들고 싸워서 져 본 적이 단 한 번도 없었지. 그러니 조심하는 게 좋을 게야."

"당신이 나의 진면목을 조금이라도 알아본 것을 높게 사서 다섯 번의 선공을 양보하겠다. 그동안 만에 하나라도 나로 하여금 이 자리에서 한 발자국이라도 움직이게 할 수 있다면 패배를 인정하겠다. 그러니 최선을 다해보아라."

크림겔이 뽑아 든 검은 베기와 찌르기가 동시에 가능한

바스타드 소드였다.

사실 숀은 모르고 있었지만 크림겔은 이 검을 사용해 본 적이 별로 없다. 굳이 이 검을 쓸 일이 거의 없었기 때문이다.

그만큼 그의 전투 능력은 출중했던 것이다. 그랬기에 그는 숀에게 일부러 경고까지 해주었건만 숀은 오히려 그런 그를 놀리듯 이런 어이없는 제안을 해왔다.

"배짱이 좋은 건지, 아니면 그냥 미친 것인지는 몰라도 기왕이면 실력도 큰소리칠 만큼 되었으면 좋겠군. 아무튼 좋다. 다른 사람이 그런 만용을 부렸다면 즉각 응징했겠지만 왠지 당신의 그런 조건은 굳이 사양하고 싶지 않군. 그렇다고 내 검이 약하다는 뜻은 아니니 어서 당신도 검을 뽑아라."

"제발 그랬으면 좋겠군. 하지만 어쩌나? 나는 아직 검을 들고 싶은 마음이 없으니……."

두 사람이 대결에 앞서 이런 대화를 나누고 있자 모든 폭스단원들의 얼굴에 의아함이 떠올랐다.

그들은 단주의 검술이 얼마나 대단한지 잘 알고 있다. 세상에 많이 알려지지 않았지만 그의 검술 수준은 이미 칼론 왕국에서 최고라고 할 수 있었다.

그런 그가 이제 갓 스무 살쯤 되었을까 싶은 애송이에게 오히려 저자세를 취하고 있으니 얼마나 이상했겠는가. 게다가 그 애송이는 그런 검술의 대가 앞에서도 검을 뽑지 않겠단다.

그리고 그게 결국 크림겔의 분노를 샀다.

"그대의 검술이 아무리 대단하다고 해도 날 무시하는 것은 절대로 용서할 수 없다. 차하앗!"

부웅~ 쐐에엑!

"헉! 위, 위험하다!"

그가 검을 치켜들고 허공으로 날아오를 때까지만 해도 그럴 수 있다 싶었다. 그러나 그 자세 그대로 마치 유성처럼 숀을 향해 날아드는 장면에서는 실로 경악을 금할 수 없었다. 빛살같이 빠른 속도도 그랬지만 마치 검이 배 이상으로 쑤욱 길어지는 것 같아 더 그랬다.

오죽했으면 월터가 위험하다고 소리를 지를 정도였겠는가. 그러나…

스스슥… 위잉~!

숀은 그 무섭고 빠른 공격을 맞이하면서도 전혀 놀라지 않은 채 그저 상체를 우측으로 살짝 움직인 것만으로 피해 버렸다.

보고 있던 사람들 입장에서는 허무할 정도였고 공격했던 크림겔의 입장에서는 심장이 배 밖으로 튀어나올 만큼 놀랄 만한 일이었다. 이번 공격으로 중상까지는 아니더라도 최소한 손을 곤란한 상황에 이르게 할 수 있을 줄 알았다. 그런데 설마 이렇게까지 간단하게 피할 줄이야…

"조금 더 분발하는 게 좋겠군."

그의 놀란 모습을 보며 손이 이렇게 한마디 하자 크림겔은 더욱 차분해진 목소리로 대꾸하며 곧 엄청난 기합을 질렀다.

"으음… 내 예상보다도 한 수 더 위인 것 같구나. 그렇다면 나도 좀 더 진지하게 해야겠지. 으아아압~!"

비비빙!

순간 그의 바스타드 소드에서 실로 섬뜩하기 짝이 없는 퍼런 오러가 뿜어져 나왔다.

2

검에 오러를 주입시키려면 최소한 소드 익스퍼트 초급 이상은 되어야 한다. 이때부터 기사는 마나를 다룰 수 있게 되고 다른 사람들에게 인정을 받게 되는 것이다. 그리고 마나가 늘어날수록 오러의 빛도 강해진다. 때문에 기사들은 이 빛의 밝기만 보아도 상대의 수준을 어느 정도 짐작할 수가 있었다.

"맙소사. 일개 용병단주의 검술 실력이 나보다도 뛰어날 줄이야… 게다가 저 정도 밝기면 익스퍼트 상급 수준이 분명하다. 어떻게 이런 일이…….."

크림겔이 뿜어 올린 오러를 보며 월터는 크게 놀랄 수밖에 없었다.

아무리 돈을 받고 전쟁을 대신 하는 용병단이라고는 하나 그들은 대부분 떠돌이 기사들과 병사들로 이루어졌다고 할 수 있었다. 그런 이상 숫자는 많을지 몰라도 진짜 실력자는 별로 없는 것이 현실 아니던가. 그런데 그런 곳에서 소드 익스퍼트 상급의 실력자가 나왔으니 놀라지 않으면 그게 더 이상할 지경이다.

"허허… 의외의 일이기는 하군. 어째서 주군께서 저자에게 너그러운지 이제야 알 것 같네."

멀린의 해석은 조금 달랐다. 그는 숀이 크림겔을 봐주는 것처럼 이야기했던 것이다.

그 말을 듣고 월터가 얼른 이렇게 물었다. 자신의 상식으로는 이해가 가지 않은 탓이다.

"저런 실력자에게 오히려 너그럽게 대하는 것이라고요? 그, 그럴 리가…….."

"검술을 시전하기 전에 미리 힘을 쓰는 것은 아주 미련한 짓이지. 보아하니 실전 검술의 달인 같은데 어째서 그 간단한 이치를 모르고 있는 건가?"

부르르…

"그, 그건 또 무슨 말이냐?"

그런 데다가 더 황당한 일이 이어졌다. 자신의 코앞에서 적이 무시무시한 오러를 내뿜고 있는 데도 손은 이처럼 한가한 말이나 하고 있었다. 더 희한한 일은 그의 그 한마디에 크림겔이 온몸을 떨며 진땀을 흘리기 시작했다는 점이다.

"미리 마나를 죄다 끌어올려서 자신이 유리한 고지를 차지한다면야 큰 문제가 없겠지. 그러나 만에 하나라도 그 공격이 실패한다면 어떻게 될까 생각해 봤나? 아마 자신보다 훨씬 약한 자에게도 당하게 될걸? 설마 아직까지 그것을 모르는 것은 아니겠지?"

"정말 대단한 자신감이로군. 그게 이론으로는 가능하겠지만 과연 실전에서도 통할까?"

비록 크림겔이 손의 능력을 높게 평가해서 많이 양보를 하고는 있었지만 이런 말까지 듣고도 참을 만큼 너그러울 수는 없었는지 은근히 위협적인 말투로 한마디 던졌다.

"기회는 앞으로 네 번. 모든 능력을 다 동원해서 공격하는 것이 현명하겠지. 아무튼 좋아. 어서 그 상태로 덤벼봐.

내가 한 말이 진짜인지 거짓말인지 바로 증명해 줄 테니까."

까닥…

"좋아, 간다! 타하앗~!"

다다다~ 쉬이익~!

드디어 오러를 잔뜩 끌어올린 크림겔의 공격이 재개되었다. 그의 이번 공격은 처음과는 격이 완전히 다른 것 같았다. 처음 공격이 빠르긴 했지만 힘이 느껴지지는 않았는데 이번 공격은 빠르기와 힘, 두 가지 모두가 담겨 있었다.

월터는 그것을 보며 자신이라면 과연 막을 수 있을까 잠시 생각해 보았다.

답은 불가능이었다. 그런데…

휘익~!

"내가 방금 말했을 텐데? 이런 공격은 상대가 피해 버리면 위험해진다고… 바로 이렇게 말이야."

툭!

"헉!"

숀은 이번에도 그 무서운 공격을 너무나 쉽게 피해 버렸다. 검이 정면을 치고 들어오는 데도 끝까지 쳐다보다가 마지막 순간에 고개를 살짝 숙인 것이 주효했다.

그게 끝이 아니었다. 그는 크림겔이 목표물을 잃고 앞으로 몸이 숙여진 순간을 이용해 오른손으로 그의 목을 한 대 툭 쳤던 것이다.

순간 크림겔은 심장이 주저앉을 만큼 놀라고 말았다. 그게 손이 아니고 검이었다면 그대로 목이 잘렸을 것이니 어찌 놀라지 않을 수 있겠는가.

"이제 세 번 남았다. 조금 더 분발하도록."

"도저히 참을 수 없다. 으아아압~!"

위잉~ 쉬쉭! 쉬이익~!

손은 좋은 의도로 한 말이었지만 크림겔은 그게 자신을 놀리는 것이라고 생각했는지 갑자기 엄청난 기합과 함께 연속 공격을 시전했다.

이건 자신의 방어를 아예 도외시한 필살기라고 할 수 있을 만큼 무모하면서도 섬뜩한 공격이었다. 누가 봐도 그가 이판사판으로 공격하는 것처럼 보였지만 사실 알고 보면 꼭 그런 것만은 아니었다.

'다섯 번의 공격 동안 단 한 발만 움직여도 진다고 했겠다? 하지만 이 공격마저 그 자리에서 피한다는 것은 아예 불가능할걸? 인간이 움직일 수 있는 모든 방위를 한꺼번에 공격하는 수법인만큼 피하지 않으면 당할 수밖에 없을 테니까 말이야. 흐흐… 억울하겠지만 이것으로 싸움은 나의 승리다.'

손이 제 입으로 움직이면 패배를 인정하겠다고 한 이상 크림겔은 게임은 끝났다고 생각했다.

설혹 소드 마스터라고 해도 자신의 필살기를 제 자리에서 피한다는 것은 불가능할 터이니 당연했다. 피하지 않으면 공격에 맞아서 크게 다칠 것이니 패배하는 것이고 그게 싫어서 피한다고 해도 약속한 것이 있으니 역시 마찬가지 결과 아니겠는가.

"훗!"

그리고 그런 그의 의도는 일순 성공하는 것처럼 보였다.

손도 놀랐던지 괴상한 헛바람 소리를 냈기 때문이다. 그런데…

휙휙휙휙!

정녕 모두의 눈이 튀어나올 만한 묘기가 속출했다.

누가 봐도 크림겔의 공격은 손이 도저히 피할 수 없을 정도로 빠르고 촘촘했다. 하지만 손은 눈에 보이지도 않을 만큼 빠른 속도로 허리를 돌려가며 그 엄청난 공격을 하나씩 모두 피해내고 있었다.

저게 과연 인간일까 싶을 정도다.

"후우… 하마터면 큰일 날 뻔했네. 머리카락 한 올 차이로 공격에 맞을 수도 있었거든. 대단한 솜씨였어."

"어, 어, 어떻게… 이럴 수가……."

사람이 그냥 움직여도 허리를 그렇게 빨리 돌릴 수는 없다.

하물며 동시에 수천 개의 칼날이 날아드는 것 같은 공세 속에서 그런 빠르기로 움직이면서 그 모든 공격을 피해내다니…

절대로 사람이 보여줄 수 있는 몸놀림이 아니었다.

최소한 크림겔의 상식 속에서는 말이다.

"너무 실망하지 마. 아직 당신에게는 두 번의 기회가 남아 있잖아."

챙그랑~!

"더 이상 나를 비참하게 하지 마시오. 내가 졌소. 이제 나를 구워 먹든 삶아 먹든 어디 마음대로 해보쇼. 단 우리 수하들은 살려주시오."

"크흐흑! 보스!"

크림겔은 역시 화끈했다. 그는 이대로 계속 덤벼 봤자 어차피 손의 상대가 될 수 없다는 것을 깨닫자마자 곧장 검을 집어 던지며 항복했다. 그러고는 수하들에 대한 자비를 구했다. 그의 그런 모습을 보고 만당가라는 자가 무너져 내리듯 주저앉았다.

"내가 꼭 당신 수하들을 살려둘 이유가 있을까? 그들이 내 사람들을 죽게 했는 데도?"

"그건 애초부터 내가 지시한 일이오. 그들은 그저 시킨 대로 한 것뿐이니 아무 잘못도 없소. 그러니 나를 죽이고 그들은 살려달라는 말이오."

크림겔은 이미 숀이 마음만 먹으면 자신은 물론 수하들 까지도 모조리 죽일 수 있다는 것을 충분히 느끼고 있었다. 그랬기에 이처럼 숀의 자비를 구할 수밖에 없었다.

그만큼 수하들을 아끼고 있었기 때문이다.

"그거, 거절하겠다."

그러나 의외로 숀이 크림겔의 제안을 거절했다.

그게 의외였던지 크림겔은 온몸을 부들부들 떨었다.

여차하면 목숨을 잃더라도 끝까지 싸울 태세다.

"그, 그럴 수가… 정녕 수하들까지 전부 죽이겠다는 말이오?"

"내가 사람 잡는 백정으로 보이나? 당신 수하들은 물론 당신도 죽이고 싶지 않다는 말일세. 내 사람이 되어주게. 그럼 앞으로 다시는 다른 사람의 눈치를 보지 않도록 해주 겠네. 어때? 나를 따라와 보겠나?"

"그, 그게 정말이오? 다른 사람의 눈치를 보지 않도록 해 주겠다는 말씀 말이오."

어느덧 숀의 몸에서 엄청난 기세가 구름처럼 피어올랐 다.

그건 절대자만이 가질 수 있는 자신감이자 거역할 수 없는 카리스마였다.

말투도 확연히 달라졌지만 지금 크림겔에게 그건 아무런 상관도 없었다.

오직 지금 슌이 해주는 약속만이 중요했다.

"약속하겠다."

털썩…

"신 크림겔, 주군을 뵈옵니다!"

쿵쿵!

"주군을 뵈옵니다!"

어찌 보면 너무나 허무할 정도로 근 삼천 명이나 되는 폭스단원들이 동시에 무릎을 꿇었다.

이것은 오로지 슌만이 만들어낼 수 있는 기적이기는 했지만 그만큼 폭스단원들이 크림겔을 절대적으로 믿는다는 뜻도 되었다. 그래서 그들이 더욱 기꺼운 슌이었다.

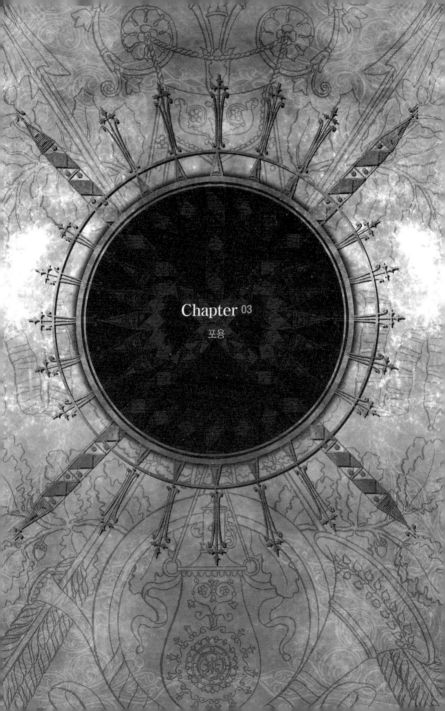

Chapter 03
포용

건들면 죽는다

1

한순간에 같은 편이었던 병사들의 운명이 갈렸다.

크림겔의 수하였던 폭스단은 손과 같은 편이 되었지만 짐머만의 영지군들은 졸지에 포로 신세로 전락하고 말았던 것이다.

짐머만이 진심으로 항복하지 않는 이상 당장 그들을 수하로 거둘 수는 없는 노릇이었다.

"역시 주군이십니다. 고생하셨습니다."

숀이 상황을 정리하고 다가오자 멀린이 급히 앞으로 나서서 고개를 숙이며 그의 공적을 칭송했다.

비록 짧은 말이었지만 그 안에는 숀에 대한 절대적인 믿음이 들어 있었다.

"하하! 고생은 무슨… 이제 이 사람도 한 식구가 되었으니 잘 지내보라고."

"물론입니다."

"이보게, 크림겔."

"네! 주군!"

"여기는 마법사 멀린이네. 조만간 왕국에서 가장 위대한 마법사로 알려질 사람이니 잘 보여야 할 거야."

"아, 네, 잘 부탁드립니다! 멀린 마법사님!"

크림겔은 워낙 불우한 인생을 살아온 사람이다.

그게 싫어서 더욱 이를 악물고 검술에만 매진해 왔다.

그렇다고 해도 그가 겪어온 삶은 실로 복잡하면서도 다양할 수밖에 없었다. 그리고 그러한 경험 덕분에 사람을 제대로 볼 줄 아는 현명함을 가질 수 있었다.

그랬기에 더욱 서슴지 않고 숀을 주군으로 모실 수 있었을 것이다.

"당신이 나를 그렇게나 애를 먹였던 사람이구려. 폭탄이 더 날아왔으면 이 자리에 서 있지도 못했을 거요. 허허······."

"헉! 그, 그럼 당신이 혹시 우리의 마지막 폭탄 공격을 막아냈었던 바로 그 마법사님이십니까?"

깜찍이라는 폭탄을 무려 열여섯 발이나 사용하고도 적을 제대로 물리치지 못한 것은 이번이 처음이었다.

그리고 그런 실패의 배후에 적들 가운데 놀라운 마법사 한 명이 있었다는 것을 크림겔은 너무나 잘 알고 있었다.

그때의 상황을 거의 다 망원경으로 보았으니 말이다.

하지만 그 마법사가 설마 멀린이라는 것은 쉽게 알아차릴 수 없었다. 아까 폭탄을 막다가 장렬히 전사한 것으로 생각한 탓이다. 하긴 폭발과 동시에 허공 저 멀리로 날아가 버렸으니 당연했다.

그런데 죽은 줄 알았던 사람이 코앞에 나타났으니 얼마나 놀랐겠는가.

"맞소이다. 하마터면 주군만 두고 먼저 가는 불충을 저지를 뻔했지요. 허허······."

"이거 죄송합니다. 저희도 먹고살려다가 보니 본의 아니게 그렇게 되었습니다."

비록 마법사와 검사였지만 두 사람의 능력은 누가 낫다고 우위를 가리기 힘들 만큼 비슷했다.

멀린이 6서클 마법사라는 놀라운 능력자라면 크림겔 역

시 왕국 최초로 소드 익스퍼트 상급에 도달한 기사였기 때문이다.

물론 냉정하게 따지자면 멀린이 한 수 위였지만 그 차이는 미미하다고 할 수 있었다. 그래서인지 두 사람은 서로가 서로를 보며 꽤나 놀란 눈치다.

"자자, 더 깊은 대화는 나중에 나누기로 하고 이제 어서 장내를 정리하는 게 좋겠어. 서두를수록 테우신을 처리하기가 편할 테니까 말이야."

"알겠습니다."

멀린과 크림겔은 상대에 대해 더 많은 것을 탐구해 보고 싶었지만 손의 명령 한마디에 일단 뒤로 미룰 수밖에 없었다.

"너희들은 저들과 힘을 모아 포로들을 호송하도록. 곧 출발할 것이니 어서 준비하라!"

"알겠습니다!"

아직 전쟁 중이다. 그것도 촌각을 다투는 상황이라고 할 수 있었다. 게다가 지금 짐머만 영지군들을 모두 포로로 처리해야 해서 할 일이 많았다.

그랬기에 손은 한가하게 두 사람의 대화를 지켜보고만 있을 수 없었다.

그리고 어차피 앞으로 두 사람이 대화할 시간은 충분할 것 아니겠는가.

"주군, 저들은 돈만 주면 언제든지 배신할 가능성이 있는 용병들입니다. 괜찮으시겠습니까?"

크림겔이 자신의 수하들을 이끌고 포로 정리를 하고 있는 틈을 타서 멀린이 숀에게 말을 건넸다.

충성심에서 우러나온 염려였는데, 그것을 아는지 모르는지 숀이 빙그레 웃으며 그런 멀린의 이름을 불렀다.

"멀린."

"네."

"자네도 처음에는 별로 다르지 않았던 것 같은데? 아니, 날 속이고 함정으로 유인했었지, 아마?"

"크헉… 그, 그거야……."

숀이 과거 멀린의 잘못을 꺼내자 그는 어찌할 바를 몰라 했다. 그때의 생각이 떠오르자 숀에게 몹시도 미안했던 모양이다.

"하하! 자네를 질책하려고 꺼낸 말은 아니니 너무 놀라지 말라고. 단지 사람은 누구나 상황에 따라 변할 수 있다는 것을 이야기해 주고 싶었을 뿐이지."

"죄송합니다. 제 생각이 짧았습니다."

"아닐세. 자네 말대로 통상적으로 용병들은 다른 사람들과 쉽게 섞이지 못하는 것은 사실이니까. 그러나 우리가 잘

해주면 혹시 알아? 달라질지… 아니, 분명 달라지게 할 수 있을 거야."

돈을 벌기 위해 남의 전쟁에까지 개입하는 하이에나와 같은 자들이다.

그러나 숀은 그런 그들을 조련시킬 자신이 있었다.

과거 중원에서도 그는 용병들을 다루어 본 경험이 풍부했다. 그게 그로 하여금 이런 자신감을 가질 수 있게 하고 있었다.

"주군께서 그렇다고 하신다면 분명 그런 것이지요. 그렇게 믿겠습니다. 그리고 제가 해야 할 일이 있으면 언제든지 하명해 주십시오."

"알겠네. 아직 저들 가운데는 자신들의 보스가 내린 결정에 대해 불만을 가지고 있는 자들이 수두룩할 거야. 그런 이상 자네가 할 일이 제법 있을지도 모르지. 그건 그때그때 상황에 따라 생각해 보세."

"알겠습니다! 어떤 일이든 시켜만 주십시오."

이제는 꼭 구체적으로 설명해 주지 않아도 어느 정도 숀의 뜻을 헤아릴 수 있는 멀린이다.

그가 이렇게 말을 하는 것은 실제로 가까운 시간 안에 자신에게 시킬 일이 있다는 뜻과도 같았다.

그것을 알기에 멀린은 기대 어린 목소리로 얼른 그렇게

대답했다.

어쨌든 그렇게 두 사람이 이런저런 이야기를 나누고 있을 때 크림겔과 월터가 다가왔다.

"주군! 포로 수송 준비가 모두 끝났습니다! 다음 명령을 내려주십시오!"

"수고했네. 그럼 이제 출발시키게. 목적지는 자네들이 폭탄 공격을 퍼부었던 우리 진영일세."

"알겠습니다!"

무려 사천여 명이나 되는 병사들의 이동이다.

비록 가까운 거리였지만 그리 간단할 리가 없었다.

하지만 평소 폭스단원들의 훈련이 잘되어 있어서 그런지 포로가 그렇게 많은 데도 예상보다 행군은 그리 힘들지 않았다.

"보스, 정말 이대로 저 사람의 수하가 될 생각이십니까?"

"왜? 불만인가?"

선두에 서서 행군을 이끌고 있는 크림겔의 곁으로 만당가가 다가오더니 질문을 던졌다.

숀을 저 사람이라고 표현하는 것으로 보아 아직 그는 이번 결정에 대해 완전히 승복하는 것은 아닌 것 같았다.

그리고 그것을 크림겔도 감지한 듯했다.

"우리는 돈을 받고 전쟁을 대신해 주는 용병 아닙니까? 그런데 누군가의 수하로 들어가면 어떻게 돈을 벌 수 있겠습니까? 만일 이런 식으로 가면 최악의 경우 병사들 사이에서 폭동이 일어날 수도 있지 않겠습니까?"

"허허… 자네는 내가 그 정도도 생각해 보지 않고 항복한 것으로 보이나?"

"물, 물론 그렇지는 않겠지요."

따지듯 묻다가 크림겔이 매서운 눈빛으로 자신을 쏘아보자 만당가가 얼른 시선을 피하며 떨리는 목소리로 대꾸했다. 평소 그가 크림겔을 얼마나 두려워하는지 알 수 있는 대목이다.

"만일 내가 항복하지 않았다면 오늘부로 우리 폭스단은 지상에서 사라졌을지도 모르네. 저분은 충분히 그러고도 남을 사람이야. 저분이 마음만 먹으면 혼자서도 우리 전부를 몰살시킬 수 있을걸세. 목숨이 사라지는데 돈이 무슨 소용이겠는가. 안 그래?"

"그, 그럴 리가… 어찌 사람의 능력이 그 정도가 될 수 있다는 말입니까?"

"허허… 자네는 다 좋은데 너무 스스로의 능력으로 상대를 평가하는 점이 문제야. 나만 해도 마음만 먹으면 우리 폭스단원들 정도의 무력 집단과 싸우면 삼분의 일은 혼자

처리할 자신이 있네. 그런데 저분은 그런 내가 몇 명 이상 모여 있어도 당해낼 수 없을 정도야. 아니, 어쩌면 그 이상일지도 모르고… 그러니 입 다물고 앞으로는 저분께 충성을 다하게. 그게 지금으로써는 최선일 테니까."

"휴우… 알겠습니다, 보스."

숀은 그들과 꽤 떨어진 채 뒤쪽에서 말을 몰고 있었지만 이런 두 사람의 대화를 고스란히 듣고 있었다.

그래서인지 얼굴에 미소를 띤 채 가만히 한마디 던졌다.

"아직은 쉽게 마음을 줄 수 없겠지. 그래서 더 재미있는 것 같군. 저렇게 투박한 수하들을 매끄럽게 다듬는 것도 사는 즐거움 가운데 하나일 테니까 말이야. 후후……."

그 어떤 어려움도 숀에게는 그저 즐거운 놀이일 뿐이었다. 그리고 오직 그만이 그만한 능력이 있었다.

2

숀이 조직했던 복수 특공대원은 모두 열여덟 명이었다.

애초부터 적들의 규모와는 격이 맞지 않는 수였지만 그래도 숀의 측근들은 별다른 걱정을 하지 않고 있었다.

그의 능력과 멀린의 능력을 워낙 믿고 있었기 때문이다. 그런데…

"큰일 났습니다! 지금 적들이 몰려오고 있습니다!"

숀과 복수 특공대원들이 이제나 올까 저제나 올까 고심하고 있던 그때, 정찰을 나가 있던 병사 한 명이 급히 뛰어오며 소리쳤다. 그러자 크롤 백작이 믿을 수 없다는 듯 얼른 다시 되물었다.

"적들이라면 지금 우리와 대치 중이던 자들을 말하는 것이냐?"

"그렇습니다. 지금 사방에 먼지구름을 일으키며 선두 부대가 무서운 속도로 달려오고 있습니다."

"으음… 대체 이게 어떻게 된 일일까요? 형님. 설마 그분께서 당한 것은 아닐지……."

정찰병이 확인하듯 말하자 크롤은 렌탈 남작을 바라보며 어두운 얼굴로 물었다.

적들이 공격을 해오는 것으로 보아 숀이 실패했을 확률이 높다고 생각한 탓이다.

"어허~ 그런 말은 하지 말게. 자네가 생각할 때 그분이 그리 쉽게 당할 분 같은가?"

"그, 그건 아닙니다만……."

"이건 내 생각이네만 지금 적들이 몰려오고 있다면 이것도 필시 그분의 작전이 아닐까 싶네. 그러니 경거망동하지 말고 모두 전투태세를 갖추도록 하게."

아직도 크롤은 손의 능력을 모두 이해하지 못하고 있는 것 같았다.

그건 누구라도 마찬가지겠지만 그래도 렌탈만큼은 손에 대한 확고한 믿음이 있었다.

그 어떤 상황에서도 손은 자신에게 실망을 안겨준 적이 없지 않은가.

그래서인지 그는 조금도 흔들리지 않고 그런 명령을 내릴 수 있었다.

"알겠습니다! 전원, 전투준비를 하라!"

"전투준비를 하랍신다!"

우르르… .

그리고 그런 마음은 모든 병사들도 마찬가지였다.

명령이 떨어지자마자 일사불란하게 각자 맡은 바 영역에서 눈빛을 빛내며 전투준비를 하는 것을 보면 그건 분명했다. 그리고 그러는 사이에 폭스단의 선봉 부대가 크롤과 렌탈이 진두지휘를 하고 있는 진영 앞에 나타났다.

"모두 멈추어라!"

그 모습을 보자마자 크롤이 앞으로 나서며 큰 목소리로 외쳤다.

그러자 선두에서 폭스단을 이끌고 달려오던 크림겔의 오른손이 번쩍 올라갔다.

동시에 무섭게 질주해 오던 무리들이 동시에 멈추어 섰다. 엄청난 훈련을 통과하지 않고서는 보여줄 수 없는 집단 행동이다.

"우리 주군께서는 어디 계신가? 어서 그분의 행방을 말하라! 그렇지 않으면 크게 후회할 일이 벌어지리라!"

"당신이 그 유명한 크롤 백작이겠구려. 나이가 젊은 것을 보니 말이오. 작위가 높으신 양반인 것은 알겠지만 이거 너무 일방적으로 몰아붙이는 것 같지 않소? 당신은 설마 우리가 그분을 어떻게 한 것이라고 생각하는 거요?"

크롤 백작의 다그침에 크림겔은 어이없다는 표정으로 대꾸했다.

그 안에는 자신들이 그 괴물 같은 존재를 어떻게 할 수 있겠느냐 하는 억울함이 들어 있었지만 크롤은 미처 거기까지 눈치채지는 못하는 것 같았다.

"시끄럽다! 어서 그분이 어디 계신지나 먼저 말하라!"

"하하! 크롤 백작, 그 사람을 너무 핍박하지 마시오. 나는 여기 있으니까."

"헉! 주군!"

"주군!"

크롤이 버럭 소리를 지르는 순간 갑자기 허공에서 손이 뚝 떨어져 내리며 대신 대꾸했다.

기분이 좋은지 환하게 웃는 그의 모습을 발견하자 크롤은 물론 렌탈까지 감격스러운 눈으로 그를 바라봤다.

"이거 왜들 이러십니까? 두 분은 설마 내가 무슨 변이라도 당할 것이라고 생각하신 것은 아니겠죠?"

"그, 그럴 리가 있겠습니까? 단지 주군께서 오시지 않고 저들이 먼저 나타나는 바람에 놀란 것뿐입니다. 그런데 지금 이 상황이 어떻게 된 것인지 여쭈어봐도 될까요?"

숀은 장난기 어린 얼굴로 농담을 던졌지만 렌탈은 아직도 무척 심각해 보였다.

그의 시선은 여전히 지금 당장에라도 싸우자고 덤빌 것 같은 표정의 크림겔에게 머물러 있었다.

크림겔 본인은 전혀 그럴 생각이 없었지만 남들이 보기에는 시비 거는 사람처럼 생긴 탓이다.

그리고 그게 렌탈 남작과 크롤 백작의 경계심을 더욱 곤두서게 하고 있었다.

"이들은 앞으로 우리와 함께할 사람들입니다. 그러니 잘 대해주십시오. 크림겔, 이쪽으로 와서 정식으로 인사하시오."

"네! 주군!"

척! 척척척!

숀의 명령이 떨어지자 크림겔이 말에서 내리더니 절도

있는 걸음걸이로 다가왔다.

그런데 그것마저도 어찌나 도전적으로 보이던지 하마터면 렌탈과 크롤은 검을 뽑을 뻔했다.

그만큼 폭스단주의 포스는 범상치 않았던 것이다.

"정식으로 인사드리겠소. 나는 폭스단을 이끌고 있는 크림겔이라고 하오. 출신이 천해서 여러분들과 어울리기가 쉽지는 않겠지만 같은 주군을 모시게 되었으니 어쨌든 잘 부탁드리겠소!"

"우리 주군을 모시기로 한 사람인데 귀천이 어디 있겠나? 잘 왔네. 앞으로 우리 잘해보세."

"보아하니 대단한 실력자 같은데 그 능력을 주군을 위해 써준다면 나 역시 출신으로 그대들을 평가하고 싶지 않군."

렌탈 남작에 이어 크롤 백작까지 그렇게 말하자 크림겔은 진심으로 감탄을 하고 말았다.

이건 사실 원칙적으로는 말이 안 되는 일이었다.

아무리 폭스 용병단이 엄청난 세력이라고 해도 크림겔은 천민 출신 아니던가.

그런 그가 감히 남작이나 백작처럼 높은 귀족들 앞에서 이런 태도를 보일 수는 없었다.

만일 정상적인 상황이었다면 목이 잘릴 수도 있는 일이었다.

그런 데도 렌탈 남작과 크롤 백작은 그런 그의 태도를 놓고 화를 내거나 조금의 질책도 하지 않았다.

물론 크림겔이 두 사람에게 함부로 대한 것은 일종의 도박이라고 할 수 있었다.

손을 따르는 사람들이 어떤 사람들인지 정확히 알고 싶어서 던진 도박 말이다.

'다른 사람들의 눈치를 보지 않고 살게 해주겠다던 말씀이 사실이었어. 저분을 따르는 사람들마저 설마 우리를 동등한 입장에서 봐줄 줄이야… 그래, 이런 분이라면… 아니, 이런 사람들과 함께라면… 우리는 이제부터 정말 사람답게 살 수 있을지도…….'

일부러 도발적인 태도로 나갔는 데도 불구하고 상대는 말을 함부로 하거나 막 대하지 않았다.

지금까지 수많은 귀족들을 만나보았지만 이들처럼 자신을 같은 사람으로 대했던 자는 단 한 명도 없었다.

그게 크림겔의 마음에 남아 있던 약간의 불안감마저 말끔히 사라지게 해주었다.

결국 도박은 대성공이었다.

그만이 알고 있는 도박이었지만…

"감사합니다. 앞으로 우리 폭스단과 이 크림겔, 진심으로 주군과 당신들을 따르겠습니다! 그러니 편하게 대해주십시오!"

"그렇게 말해줘서 고맙네. 그저 그 마음, 변함없기만을 바라겠네."

그렇게 생각보다 빨리 렌탈 남작과 크롤 백작, 그리고 크림겔은 가까워지고 있었다. 그런 모습을 지켜보던 숀도 흐뭇했던지 미소를 지었다. 하지만 마냥 이렇게 있을 수 있는 상황은 아닌지라 그는 결국 입을 열었다.

"자, 그럼 이제 짐머만을 끌고 와라. 그와도 슬슬 담판을 지어야겠다. 아 참, 그의 측근들도 함께 끌고 오도록."

"알겠습니다!"

숀의 명령에 크림겔이 바로 대꾸하더니 자신의 오른팔인 만당가와 함께 행렬의 뒤쪽으로 급히 이동했다.

그리고 잠시 후 두 사람은 다른 수하들을 대동해 축 늘어진 짐머만은 물론 몇 명의 기사들을 이끌고 나타났다.

Chapter 04

쉬운 방법

건들면 죽는다

1

짐머만에 대한 평판은 그리 좋지 않았다.

그에 따르면 그는 돈을 밝히는 영주였고, 그건 곧 영지민들을 그만큼 힘들게 해왔다는 뜻이다.

숀은 이미 진영으로 오는 동안 테우신의 수하였던 월터 등을 통해 그런 이야기를 충분히 들었기에 애초부터 짐머만과는 타협할 생각이 없었다.

하지만 그렇다고 그의 수하들까지 계속 포로로 끌고 다

니고 싶지도 않았다.

"항복하면 살려주겠다. 그러나 반항하면 가차 없이 죽이겠다!"

"항복하겠습니다."

"저도 항복합니다."

털썩… 털썩…

대부분의 짐머만 영지군들은 항복했다.

그들은 이미 폭스단이 모두 슌의 수하가 된 것을 눈앞에서 똑똑히 목격한 데다가 이곳에 그에 못지않은 병사들이 있는 것을 확인한 상태다.

뿐만 아니라 자신들의 재수 없는 영주마저 잡혀 있는 상황인데 목숨까지 내걸고 저항할 이유가 전혀 없었다.

그리고 이 과정에서 처음에 잡혔던 테우신 기사들도 정식으로 항복을 해왔다. 더 이상 버티는 것은 아무런 의미가 없다고 생각해서이다.

"모든 병사들의 정리가 끝났습니다. 이렇게 해서 저희 부대에는 현재 기사 삼백 명과 병사 6,600명이 새로 편입된 상태입니다!"

"수고했다. 그럼 지금부터 정식으로 테우신 영지를 치겠다. 모두 전투준비를 하고 완료가 되는 대로 다시 보고하라!"

"네! 주군!"

월터가 이끌던 부대원이 총 2,400명, 그리고 폭스단 병사들과 짐머만 영지군을 합쳐서 4,200명이다.

이들을 모두 포로 병사로 흡수했으니 이제 숀의 부대는 실로 엄청난 규모를 이루었다고 할 수 있었다. 총 8,400명이나 되니 말이다.

이제는 테우신 성을 정면으로 친다고 해도 충분한 숫자였다. 그래서인지 숀은 바로 크롤 백작에게 총공격 준비 명령을 하달했다.

"공격 준비를 하는 동안 나는 잠시 주변을 정찰하고 오겠소. 멀린 마법사는 나와 함께 갑시다."

"네! 주군!"

마음 같아서는 파비앙과 함께 가고 싶었지만 지금은 시기가 시기인만큼 멀린이 더 필요했다.

다그닥~ 다그닥~!

"워워~! 여기가 좋겠군. 어서 내리게."

사람들이 보고 있을 때는 어쩔 수 없이 말을 타고 나왔지만 조용한 곳이 나타나자마자 숀은 멈추더니 멀린에게 내리기를 종용했다.

그러자 멀린은 떨떠름한 표정을 지었다.

"혹, 혹시 또… 날아가시려고 그러십니까?"

"그게 싫으면 어서 그 텔레포트인가 뭔가를 제대로 완성해 보라고. 지금은 한시가 급한 상황이라는 것을 모르겠나? 우리가 서둘러야 그만큼 희생자가 적게 나올 것 아닌가. 그러니 잔말 말고 어서 가자."

번쩍! 슈욱~!

"으아아악~!"

숀이 멀린의 팔을 잡는 것과 동시에 날아오르자 그는 또다시 있는 힘껏 비명을 질렀다. 이건 수백 번을 경험해도 절대 익숙해질 수 없는 공포였다.

그러나 그 대신 무섭게 빠른 것만큼은 인정해야 했다. 순식간에 목적지에 도착하는 것을 보면 말이다.

"이제 좀 정신이 드나?"

숀은 멀린의 혈도 몇 곳을 쳐서 그의 정신을 돌아오게 했다.

아주 조금쯤은 그도 미안한 감정이 있는 모양이다.

"네, 감사합니다, 주군. 휴우……."

멀린도 숀의 감정을 느꼈는지 불평 한마디 하지 못한 채 그저 한숨만 내쉴 뿐이다.

그러면서 속으로는 어서 빨리 텔레포트 능력을 키우겠다고 다짐을 했다.

"저기 보이나?"

"어디요?"

"저쪽 숲 너머에 두더지처럼 숨어 있는 자들 말일세."

멀린이 멀쩡해지자 숀은 오른손을 들어 올려 약 1킬로미터쯤 떨어져 있는 숲을 가리켰다.

멀린도 그의 손가락이 가리키는 곳을 따라 보았지만 거기는 그냥 평범한 숲일 뿐이었다.

"잠시만요. 마법의 눈을 이용해 다시 한 번 보겠습니다."

"그러게. 자세히 살펴보면 그 안에 꽤 많은 병사들이 몰려 있는 것을 발견할 수 있을 게야."

멀린은 마법을 이용해 숲을 살펴보았다.

그리고 숀의 말대로 숲 안에 최소 이천여 명이 넘는 군사가 잠복해 있는 것을 확인할 수 있었다.

한결같이 형형한 눈빛을 하고 있는 것으로 보아 정예 병사가 틀림없었다.

"이제 보입니다. 복장으로 보아 테우신 영지군 같군요. 그런데 저놈들은 저기 숨어서 무엇을 하고 있는 것일까요?"

"완벽한 상황을 기다리고 있는 거지. 우리가 용병들과 짐머만 자작군에게 만신창이가 되면 그때 나서려고 말이야."

멀린의 질문에 숀은 마치 그들의 작전을 애초부터 아는

듯 그렇게 대답했다.

다른 사람이 들었으면 놀랄 이야기였지만 멀린은 당연하다는 듯 고개만 끄덕였다.

숀의 능력을 워낙 잘 아는 탓이다.

"어리석은 자들이로군요. 이미 자신들의 주력부대는 물론 용병들과 짐머만 영지군까지 모두 우리 편이 된 것을 알게 되면 기절초풍하겠네요. 허허……."

"그걸 알 때쯤에는 이미 모든 것이 끝나 있겠지. 그러기 위해서 우리가 온 것이고 말이야."

"그, 그게 무슨 말씀이신지요?"

불과 며칠 전만 해도 테우신 영지군에 대한 부담감이 컸던 멀린이었지만 지금은 오히려 그들이 불쌍해질 정도였다.

이미 그들의 손발이 숀에 의해 모두 잘려 나간 상태였기 때문이다.

그런 데도 숀은 지금 뭔가 또 다른 음모를 꾸미고 있는 것 같았다. 그것을 감지해서 그런지 멀린은 갑자기 으스스한 기분이 들었다.

"저쪽 들판 보이나?"

"들판이요? 네… 보입니다만……."

그가 무슨 생각을 하는지 별 관심이 없는 숀은 이번에는 숲 앞쪽을 가리켰다.

그곳에는 앞이 탁 트인 들판과 넓은 대로가 펼쳐져 있었다. 성으로 이어진 관도인 모양이다.

"그 들판 끝에서 이쪽 숲이 시작되는 입구까지 거리가 얼마나 될 것 같은가?"

테우신 영지가 부유한 이유 가운데 하나가 바로 두 사람이 보고 있는 들판이다.

들판은 정말로 넓었다. 눈에 보이는 곳은 모두 농작물을 수확할 수 있는 전답으로 이어져 있었다.

그곳에서 수확되는 농산물이 워낙 많아 영지가 지금처럼 부유해졌다고 할 수 있었다.

멀린은 속으로 그런 생각을 하면서 눈대중으로 잰 거리를 이야기했다.

"으음… 족히 4, 5킬로미터는 될 것 같은데요?"

"거기서 절반에 해당하는 곳이 어딘지 알겠는가?"

"저기… 나무 몇 그루 서 있는 곳 아닌가요? 거기가 중간 지점이 될 것 같아 보입니다."

멀린이 가리킨 곳은 대로 위에 나무들이 서 있는 장소였다.

그의 말대로 거기가 들판 끝에서 숲까지의 중간쯤이 될 것 같았다.

아주 정확하다고 할 수는 없었지만 숀이 고개를 끄덕이는 것으로 보아 그 정도면 충분한 모양이다.

"그럼 들판의 끝에서부터 중간 지점까지의 거리가 약 2킬로미터쯤 된다는 말인데… 어떤가? 그 정도 거리를 움직이는 동안 마법을 유지할 수 있겠는가?"

"그, 그게 무슨 말씀이시죠? 마법을 유지하다니요?"

숀의 갑작스러운 말에 멀린이 깜짝 놀라며 고개를 갸웃거렸다.

그가 말하는 의도가 무엇인지 전혀 알 수가 없었기 때문이다.

"현재 우리 마법병단의 능력이면 가능할 것 같은데… 특히 자네가 모든 능력을 동원한다면 말이야."

숀은 워낙 엉뚱한 면이 많다.

특히 자신의 놀라운 능력에 맞춰서 모든 일을 결정하기 때문에 일반 사람들은 그의 속마음을 알 방법이 없었다.

그건 멀린도 마찬가지였다. 남들에게는 경이로운 마법사였지만 숀의 앞에서는 아직 한참 모자라기 때문이다.

그랬기에 그는 아예 대놓고 솔직하게 물었다.

"죄송합니다만 조금 더 구체적으로 말씀해 주시면 안 될까요? 제 생각이 주군을 따라가려면 아직 한참 먼 것 같습니다. 그래서 그런지 도통 무슨 말씀이신지 잘 모르겠습니다."

"잠시 귀를 이리 가까이 가져와 보게."

"네……."

어차피 아무도 들을 수 없었지만 숀은 무슨 생각이든 것인지 멀린을 가까이 오게 하더니 뭔가를 속닥거리기 시작했다.

그러자 멀린의 눈이 퉁방울처럼 커졌다가 작아졌다가를 반복했다.

그건 곧 뭔가 또 놀라운 음모를 이야기하고 있다는 것을 짐작케 하고 있었다.

그게 무엇인지는 아직 알 수 없었지만 말이다.

2

테우신 영지의 총사령관 해럴드는 도무지 지금의 상황을 이해할 수가 없었다.

자신의 완벽한 계획대로라면 지금쯤은 크롤 백작 부대는 산산이 와해되었어야만 했다.

그러나 아직 그러한 보고는 들어오지 않고 있었다. 그런 점이 그의 신경을 바짝 곤두서게 하고 있었다.

"아직도 아무런 소식이 없는 게냐?"

해럴드는 답답한 마음에 옆에 있던 부관에게 대뜸 질문을 던졌다.

그러자 부관은 기다렸다는 듯 대답을 했다.

"네, 사령관님. 하지만 정찰병들을 보냈으니 곧 소식이 들어올 것입니다."

"폭발이 일어난 것으로 보아 벌써 끝난 싸움 같은데 어째서 지금까지 조용한 건지 자네는 짐작이라도 가는 것이 있는가?"

"글쎄요… 혹시 폭스단원들과 짐머만 영지군 사이에 보이지 않는 알력 같은 것이라도 생긴 게 아닐까요? 사령관님께서도 아시다시피 폭스단주의 성격이 워낙 괴팍하지 않습니까? 그렇다고 짐머만 자작이 누구에게 양보하는 성격도 아니고 말입니다. 그 두 사람이 만났으니 위험 요소는 충분할 것으로 보입니다만…….."

해럴드의 부관은 나이에 비해 성격이 침착한 편인 데다가 평소 병법서를 즐겨 읽어서 그런지 제법 쓸 만한 인재였다.

그것을 알기에 해럴드도 그에게 이런 식으로 가끔 자문을 구하곤 했다.

"하긴 그자들은 충분히 그럴 수 있는 위인들이지. 그래서 애초 내가 짐머만 자작의 개입만큼은 반대를 했었던 것이고… 하지만 그는 각하가 불러들인 사람인지라 결국 어쩔

수 없었지. 사실 나도 자네와 비슷한 생각을 하고 있기는
했네. 하지만 그렇다고 아직 정확히 확인도 되지 않은 일을
각하께 보고드릴 수는 없는 일 아닌가. 그분은 지금 우리의
보고만 기다리고 계실 텐데 걱정이네. 휴우…….”

“너무 심려치 마십시오. 아마 곧 좋은 소식이 들어올 것
입니다. 상황 파악을 위해 우리 정보부 요원들과 정찰병들
이 총동원된 상태이니까요.”

테우신의 성격이 좋았다면 이렇게까지 걱정할 일은 아닐
지도 모른다.

그러나 그는 수하들의 사정이나 봐줄 만큼 온순한 사람
이 아니다.

아니, 오히려 자신의 마음에 들지 않을 경우 수하가 잘못
한 것이 없어도 가차 없이 버리는 냉정한 성품을 가지고 있
었다.

그런 점들이 더욱 해럴드를 초조하게 만들었다.

두 사람이 이처럼 대화를 나누고 있을 때 갑자기 망루 위
로 누군가가 급히 뛰어 올라왔다.

“충성! 기사 알렉스, 총사령관님께 급히 보고드릴 일이
있어 왔습니다!”

“무슨 일인지 어서 말하라.”

그는 기사 알렉스였는데 부관이 오늘 새벽에 정찰병들을

인솔케 해서 내보냈던 자였다.

그가 잔뜩 긴장한 얼굴로 입을 열자 해럴드는 뭔가 좋지 않은 예감을 느꼈다.

"지금 들판 너머에서 적들이 이쪽을 향해 달려오고 있습니다!"

"뭣이! 그, 그게 지금 무슨 헛소리냐? 적들이라면 설마 크롤 백작군을 말하는 것인가?"

적들이 달려온다는 말에 해럴드는 잠시 혼란스러워졌다.

그의 계산대로라면 크롤 백작군은 모두 전멸했거나, 아니면 진작 포로가 되었어야 한다.

그런데 그런 그들이 자신들이 있는 곳을 향해 달려온다니… 쉽게 이해되는 일은 아니었다.

"그렇습니다! 총인원 일천팔백 명, 전원입니다."

"그게 말이 되는가? 어제 자네들이 직접 보고한 내용에 의하면 적들은 폭스단에서 쏘아 올린 폭탄에 당했다면서? 그것도 무려 열여섯 발의 폭탄에 말이야. 그런데 어떻게 모든 인원이 멀쩡하게 올 수 있단 말이냐!"

얼마나 답답하고 황당했던지 해럴드는 평소와 달리 잔뜩 흥분해서는 언성을 크게 높였다. 그만큼 너무나도 이해하기 힘든 일이 벌어졌던 것이다.

"죄송합니다. 하지만 어제 오후에 폭탄 공격이 있었던 것은 확실합니다. 그런데 한 가지 걸리는 일이 있기는 있었습니다."

기사 알렉스의 이 말에 해럴드는 그의 곁으로 바짝 다가가며 얼른 다시 물었다.

그의 말투에서 뭔가 심상치 않음을 느낀 탓이다.

"걸리는 일이라니?"

"폭탄이 떨어지고 나서 적들은 매우 큰 혼란에 빠졌었습니다."

"그야 당연하겠지. 그런데?"

"그때가 가장 중요한 타이밍이었을 텐데 우리 영지군의 모습은 전혀 보이지 않았었습니다. 그때 바로 적을 쳤으면 그대로 섬멸을 할 수 있었을 텐데 말입니다. 뭔가 이상하지 않습니까?"

알렉스의 이 말에 해럴드의 표정이 더욱 심각하게 굳어갔다.

그의 말대로 병법의 초보라도 이런 경우 같으면 적을 치는 것이 옳았다.

게다가 지금 그쪽 전선을 맡고 있는 기사대장 월터는 아주 능력 있는 지휘관이다.

그가 이런 기회를 그냥 지나칠 리가 없었다.

"그럼 그 시간에 월터군은 대체 어디서 무엇을 하고 있었다는 말인가?"

"그건 저도 잘 모르겠습니다. 어제 오전에만 해도 적들을 함정으로 몰아넣고 있다는 연락을 해왔었는데 그 이후부터는 아무런 소식도 없는 상태입니다. 저희가 전장 근처에 도착했을 때는 그들의 행방도 묘연해졌거든요."

"뭣이라고! 아예 행방까지 사라졌다고?"

알렉스의 말이 이어질수록 해럴드는 점점 더 오리무중에 빠져드는 기분이었다.

그가 알고 있는 한 월터는 그리 호락호락한 기사가 아니다. 그런 그가 불과 하루 사이에 커다란 변고를 당한 것 같으니 이상할 수밖에…

"그렇습니다. 지금 저희 정찰병들이 쉬지 않고 그들의 행방을 찾고 있기는 합니다만 아직 아무런 단서도 발견하지 못한 상황입니다."

"대체 무슨 일인지 알 수가 없군. 월터 부대는 증발해 버렸고 폭스단과 짐머만 영지군의 연합 공격을 당했던 적들이 이곳으로 오고 있다니… 부관, 자네는 이게 지금 무슨 일인지 알겠는가?"

이들이 헷갈리게 된 상황의 결정적인 원인 제공자는 바로 숀이다.

그는 적들을 혼란에 빠뜨릴수록 전쟁을 빨리 끝낼 수 있다는 생각에 이처럼 앞뒤가 맞지 않는 정보를 흘린 것이었다. 물론 그건 월터의 적극적인 협조가 있었기에 가능한 일이었다.

어쨌든 이런 사실을 꿈에서도 알 수 없는 해럴드는 고개를 내저으며 부관에게 조언을 구했다.

그러자 다행히 부관은 지금 가장 필요한 것이 무엇인지 말해주었다.

"글쎄요… 저도 잘 모르겠습니다. 월터 기사대장의 성품으로 보아 배신을 했을 리도 없을 테니까요. 그리고 지금은 그것보다 우선 적의 공격에 대한 대비부터 해야 할 것 같습니다만……."

"그렇군. 적의 규모가 일천팔백 명이라고 하였느냐?"

"네, 사령관님!"

"그럼 자네는 어서 가서 적들의 움직임을 정확히 파악해서 수시로 보고하도록 하라."

"알겠습니다!"

기사 알렉스가 망루에서 사라지자 해럴드는 망원경으로 들판 끝 쪽을 잠깐 살펴보다가 다시 부관에게 명령을 내렸다.

"모든 군사들을 진지 앞에 집결시켜라!"

"정면 대결을 하실 생각입니까?"

현재 이곳에 남아 있는 병력은 모두 이천 명이다.

월터가 이끌고 간 병사들을 제외한 테우신 영지의 나머지 부대이다.

성안에 약 오백여 명 정도가 더 있기는 했지만 그들마저 나오게 할 수는 없었다.

그랬다가는 싸워보기도 전에 해럴드 자신의 목이 먼저 떨어질 테니까 말이다.

어쨌든 해럴드는 이제 이곳에 남아 있던 병사들로 크롤 백작군을 처리해야만 했다.

"지금으로써는 그 방법밖에 없을 것 같구나. 물론 그 전에 월터군이나 짐머만 영지군, 혹은 거금을 주고 고용한 폭스단과의 연락을 먼저 취해봐야겠지. 그들 중 누구하고라도 연합하면 훨씬 쉽게 적을 처리할 수 있을 테니까. 젠장……."

말을 하면서도 해럴드는 기가 막혔다.

상황이 이렇게 될 줄 알았으면 차라리 처음부터 월터군과 함께 먼저 정면 공격을 하는 것이 나았을 거라는 생각이 든 탓이다. 하지만 이미 물은 엎질러진 상태였고 지금 이 시간에도 적들이 오고 있었기에 그는 가만히 주먹을 움켜쥐었다. 그러자 잊고 있던 투지가 불끈 솟구쳤다.

Chapter 05

맞붙다

건들면죽는다

1

두두두두~!

일천팔백 마리의 말이 달리는 모습은 그야말로 장관이었
다.

특히 가장 선두에서 백색 말을 타고 달리고 있는 쏜은 환
상, 그 자체였다.

"오늘 우리는 적들에게 진정한 강자가 누구인지 똑똑히
보여줄 것이다! 모두 더 빨리 달려라!"

"와아아아~!"

숀은 평소 수하들을 선동하지 않는다. 자칫 교만해질 수 있기 때문이다.

그러나 지금은 그가 나서서 그들을 흥분시켰다.

이로 보아 이번 전투에서는 그들을 전면에 내세우려는 것 같았다.

[주군, 어디서부터 시작해야 할지 미리 말씀해 주십시오. 모든 준비는 끝난 상태입니다.]

그런데 바로 그때, 숀의 귀로 멀린의 목소리가 들려왔다.

서클이 높아지면서 더욱 능숙하게 쓰기 시작한 매직 보이스(Magic Voice)다.

그러고 보니 지금 숀의 곁에는 그의 모습이 보이지 않고 있었다.

[그들은 어디쯤 따라오고 있나?]

[주력부대와 약 2킬로미터쯤 떨어져 있습니다. 조금만 더 달리면 능선을 넘어설 것 같습니다만…….]

[그럼 능선 직전에서부터 시작하면 되겠군.]

[알겠습니다. 지금부터 집중하겠습니다.]

멀린은 여기까지 대꾸를 하고는 잠잠해졌다.

그리고 이번에는 크롤과 렌탈이 빠르게 숀이 있는 쪽으로 다가왔다.

"주군, 정면에 적들이 미리 포진을 하고 있는 것 같습니다."

그중 렌탈 남작이 약간은 긴장한 것 같은 얼굴로 보고를 했다.

"나도 보았습니다."

그러나 숀은 담담한 어조로 대꾸할 뿐이었다. 마치 자신과는 별 상관없다는 듯 말이다.

"그런 데도 이대로 치고 들어가실 생각이신지요?"

통상적인 병법에 의하면 적이 진을 치고 있는 곳에 정면으로 덤벼드는 것은 금물이었다. 보나마나 당할 수 있기 때문이다.

렌탈 남작도 그 정도 병법은 훤한 사람인지라 이처럼 물어보았던 터였다.

그러나 돌아온 대답은 전혀 의외였다.

"당연하지요. 이번에야말로 우리 부대원들이 그동안 고생한 것을 마음껏 펼쳐 봐야 하지 않겠습니까?"

"하지만 이대로 진격을 계속한다면 위험하지 않을까요? 적의 함정에 빠질 수도 있을 것 같은데……."

"렌탈 남작님, 아무 걱정 하지 마시고 저를 믿으십시오. 아니, 우리 병사들을 믿으세요. 이제 적의 진영이 다가오니 남작님은 병사들에게 초대형 '드래곤 바인드 진'을 준비시키십시오. 오늘 그 진의 진짜 위력을 세상에 알릴 것입니다."

나이가 있어서 그런지 렌탈은 확실히 걱정이 많았다.

그가 숀을 믿지 못하는 것은 아니지만 눈에 보이는 적의 위협은 확실히 그에게 부담스러웠던 모양이다.

"아, 드, 드래곤 바인드 진을요? 알겠습니다! 바로 준비시키겠습니다."

"앞으로 오 분 후면 펼칠 것이니 서둘러야 할 것입니다."

"네!"

숀의 자신감 넘치는 말에는 아무리 렌탈이라고 해도 용기가 나지 않을 수 없었다.

그리고 무엇보다 그 역시 드래곤 바인드 진의 위력을 보고 싶었다.

곁에서 훈련하는 모습은 몇 번 보았지만 그것이 제대로 된 모습으로 펼쳐진 것은 아직 본 적이 없었기 때문이다.

그래서인지 그는 씩씩한 대답을 남기며 크롤 백작과 함께 병사들에게 숀의 지시 사항을 전달했다.

그들이 그렇게 정신없이 달리면서 여러 가지 준비를 하고 있을 때 그 모습을 보며 회심의 미소를 짓는 사람이 있었다.

그는 테우신 영지군의 총사령관 해럴드였다.

그는 뭐가 그리 즐거운지 웃음을 머금은 얼굴로 자신의 부관에게 말을 던졌다.

"이보게, 부관."

"네, 사령관님!"

"나는 솔직히 아까 기사 알렉스의 보고를 들을 때까지만 해도 큰 근심이 생겼었네."

"어째서 말입니까?"

"행여 저놈들이 우리 영지군들과 폭스단, 그리고 짐머만 영지군까지 이긴 것이 아닐까 하고 말이야. 그게 아니고서는 그 보고를 이해할 수 없었거든. 물론 그들이 배신할 수 있는 확률도 있겠지만 그건 거의 불가능한 일 아니겠는가."

"그렇죠. 월터 기사대장이 배신할 사람은 아니죠. 짐머만 영주님이라면 혹 모를까… 폭스단도 돈으로 움직이는 자들이니 가능성은 높겠지만 적이 불리한 상황에서 배신할 확률은 거의 없다고 봐야겠지요."

해럴드의 염려를 듣던 부관이 뭔가 생각하는 것 같은 표정을 지으며 대답했다.

이 두 사람의 대화를 보면 숀의 작전이 어느 정도는 먹혔음을 알 수 있었다.

월터의 병사들이나 폭스단과 짐머만 영지군의 행방에 대

해 아직도 헷갈려 하고 있으니 말이다.

게다가 그들은 지금 배신의 차원을 넘어서 숀의 연합군과 완벽한 한편이 되어 있지 않은가.

"그들이 설혹 배신하고 싶은 마음이 있다고 해도 소용이 없었을 거야. 보라고, 저 생각 없는 녀석들을. 우리가 미리 진을 치고 기다리고 있는 것을 뻔히 보면서도 달려들다니… 누가 지휘관인지는 몰라도 미쳤거나, 아니면 병법을 아예 모르는 자임이 틀림없어."

"아… 진짜 그러네요. 저대로 달려오면 금방 도착하겠습니다. 어서 우리도 준비를 해야 하지 않을까요?"

"당연하지! 어서 모두 '스네이크 포획진'을 펼쳐라! 그리고 보병들은 가장 선두에서 창을 세워 적들의 말을 노려라!"

"알겠습니다!"

차르르륵~ 척척! 척척척!

해럴드의 힘찬 명령에 테우신 영지군들이 발 빠르게 움직였다.

그들 가운데 약 삼백 명쯤 되는 보병들은 뾰족하고 긴 장창을 앞을 향해 내민 채 기마대를 기다렸다.

거기에 역시 족히 삼백 명은 넘을 것 같은 궁수 부대원들이 일제히 활을 쏠 준비를 마쳤다.

그리고 나머지 부대원들은 좌우로 날개를 벌리듯 진형을 넓게 펼친 채 쑨의 연합군을 기다렸다.

만일 이런 진을 너무 빨리 펼쳐 놓았으면 적들이 그것을 발견하고 멈출 수도 있을 터였다.

그러나 지금은 쑨의 군대가 달려오는 속도에 맞춰 재빨리 펼친 것이라 피할 틈도 없을 것 같았다.

그런데 이때, 코뿔소 떼처럼 달려오던 연합군 쪽에서 누군가의 외침이 울려 퍼졌다.

"지금이다! 시작하라!"

"와아아아아~!"

두두두두~ 촤아아아악~!

그러자 한 무더기로 달려오던 쑨의 연합군 진형에 변화가 생겼다. 그들은 미리 대기하고 있던 테우신 부대 앞에서 갑자기 좌우로 갈라졌다.

애초부터 테우신의 장창 부대가 그곳에 있는 것을 알고 준비한 사람들처럼 말이다.

워낙 넓게 퍼져서 뒤쪽으로 달려왔기 때문에 장창 부대는 힘을 쓰기는커녕 어찌할 바를 몰라 우왕좌왕할 지경이었다.

그리고 어느샌가 쑨의 연합군들은 뒤쪽에서 진을 치고 있던 테우신 부대원들 사이로 끼어들었다.

그 속도가 얼마나 빨랐던지 아주 잠깐 사이에 연합군 병사들이 테우신 부대원과 뒤섞여 버릴 정도다.

이런 상황에서 활을 쏠 수는 없었다. 그랬다가는 아군 적군 가릴 것 없이 다 맞을 테니까 말이다.

"으헉! 뭐, 뭐냐?"

"당황하지 말고 정신 똑바로 차려라! 적들은 지금 우리 진 안에 들어온 상태이니 어서 모두 섬멸하라!"

그런 상황이 이어지자 얼른 해럴드가 나서서 큰 목소리로 병사들을 독려하기 시작했다.

어찌 보면 그의 말대로 그들의 진 안에 숀의 연합군이 스스로 갇힌 꼴일 수도 있었다.

테우신 영지군들도 그것을 깨달았는지 재빠르게 진영을 다시 수습해 나갔다.

"스네이크 포획진 발동~!"

"발동!"

우르르르…

그러고는 곧 그들이 평소 가장 열심히 훈련해 온 비장의 진이 펼쳐졌다.

스네이크 포획진은 말 그대로 진 안에 적들을 가둔 다음 하나씩 포획하는 묘리가 담긴 병진이다.

이 무렵 대륙에서는 다수 대 다수의 싸움이 벌어질 때 이처럼 특이한 진을 사용하곤 했다.

비록 이름만큼 대단하다고 할 수는 없었지만 그래도 제대로 발동이 되면 꽤나 큰 효과가 있었다.

지금만 해도 이렇게 시간이 흐르면 연합군이 곤란을 겪을 것처럼 보였다. 잘못하면 적들의 함정에 스스로 잡힌 꼴이 될 수도 있었다.

"디스퍼스(Disperse)!"

그러나 그대로 당할 손의 연합군은 절대 아니었다.

선봉으로 달려갔던 부대원들이 위험에 **빠지기** 직전, 마침내 렌탈 남작의 입에서 커다란 외침이 터져 나왔다.

동시에 연합군들의 움직임이 기기묘묘하게 변화하기 시작했다.

2

테우신 연합군의 오백인대장 조프리는 당황했던 마음을 진정시키고 있었다. 처음에는 적들이 워낙 예상을 벗어나게 행동을 하는 바람에 크게 놀랐었다.

뭘 어떻게 하면 좋을지 감을 잡지 못해 허둥지둥했던 것도 사실이다.

그건 비단 그만 그랬던 것은 아니었다. 동료들도 크게 놀라서 잠깐 동안 위험한 상황이기도 했다.

하지만 믿음직한 사령관 해럴드의 목소리가 들려오는 순간 그와 동료들은 바로 정신을 차릴 수 있었다.

"당황하지 말고 정신 똑바로 차려라! 적들은 지금 우리 진 안에 들어온 상태이니 어서 모두 섬멸하라!"

"모두 사령관님 말씀 들었지? 어서 정신 차리고 전투준비에 만전을 기하라!"

"네, 대장님!"

그것을 계기로 테우신 영지군들의 움직임이 활발해졌다.

병사들부터 정신을 차리기 시작하니 순식간에 분위기가 쇄신된 것이다.

그리고 바로 그때, 해럴드의 중요한 명령이 떨어졌다.

"스네이크 포획진 발동~!"

"스네이크 포획진을 발동하라~!"

"발동~!"

우르르르~!

이 순간 오백인대장 조프리와 테우신 영지군 대부분은 승리를 확신했다.

그만큼 스네이크 포획진의 위력은 대단했고, 또 그만큼 오랫동안 연습을 해왔었다.

게다가 적들은 이 진법이 발동했을 때 가장 큰 타격을 입힐 수 있는 범위 안에 들어와 있었다.

그들이 신이 아닌 이상 이 싸움은 자신들의 승리로 끝날 수밖에 없었다. 최소한 조프리와 동료들은 그렇게 믿었다.

그런데 바로 그때, 적들의 지휘관으로 보이는 자가 갑자기 이해할 수 없는 소리를 외쳤다.

"디스퍼스(Disperse)!"

스스슥… 스스스슥…

그 외침이 끝나자마자 적들이 희한하게 움직이기 시작했다.

마치 갑자기 유령이라도 된 것처럼 그들은 빠르지만 아무런 힘도 없어 보이는 모습으로 각자의 자리를 잡아갔다.

"이, 이것들이 갑자기 왜 이러지?"

"볼 것 없다! 어서 놈들을 쳐라!"

워낙 특이한 움직임에 테우신 영지군들은 아주 잠깐 고개를 갸웃거렸지만 그 시간이 결코 오래가지는 않았다.

지휘관들의 공격 명령이 곧바로 떨어진 탓이다. 그리고 명령이 떨어짐과 동시에 그들은 각자 검을 치켜들고는 숀의 연합군 병사들을 공격했다.

"죽어라~!"

휘익~ 휙휙~!

"헉! 뭐, 뭐지? 방금 저자를 벤 것 같았는데… 어라? 뭐

야? 방금 내 옆에 있던 동료들이 모두 어디 간 거지? 이봐~
토머스! 피터! 다 어디 있는 거야?"

"……."

하지만 그들의 공격은 너무나도 허무하게 끝나고 말았
다.

분명 코앞에 있던 적을 벤 것 같았는데 알고 보니 아무것
도 없는 허공에 칼질한 꼴이었다. 아니, 거기까지는 그럴
수도 있다고 생각할 수 있었다.

적들이 민첩하면 피할 수도 있을 테니까.

더 큰 문제는 그냥 피하기만 한 것이 아니라 적들의 모습
이 눈앞에서 모두 사라졌다는 데 있었다.

소름끼치게도 사라진 사람 중에는 자신들의 동료도 포함
되어 있었다.

"이봐~! 다 어디 갔느냐고!"

"……."

오백인대장 조프리는 이 말도 안 되는 현상 앞에서 한 손
으로 검을 치켜든 채 그저 소리만 질러댈 수밖에 없었다.

방금 전까지만 해도 해가 쨍쨍 내리쬐던 날씨였는데 사
방은 음산했으며 안개마저 깔리고 있었다.

이건 공포였다.

"이것들이 정말 장난하나! 에잇!"

조프리는 우선 이 암울한 공간에서 빠져나가야겠다고 생각했다. 그랬기에 바깥으로 보이는 곳을 향해 있는 힘을 다해 냅다 뛰었다.

다다다다~ 퍽!

"컥!"

털썩…

하지만 그곳에는 눈에 보이지 않는 벽이 존재했고 그는 그 벽에 머리를 처박고는 그 충격으로 인해 뒤로 벌렁 자빠지고 말았다.

"으으… 비겁하게 숨어 있지 말고 어서 나와!"

"……."

잠깐 정신을 잃었다가 다시 찾은 조프리가 갑자기 벌떡 일어나더니 이번에는 벽에다 대고 그렇게 소리쳤다.

그러나 이번에도 대꾸해 주는 사람은 없었다.

"이 개새끼들아! 네놈들도 사내라면 당장 나오란 말이다!"

그냥 포기할 수도 없는 상황이라 이번에는 욕까지 섞어서 더 큰 목소리로 악을 써댔다.

그러자 마치 기적처럼 누군가의 말소리가 들려왔다. 아니, 말소리뿐 아니라 여기저기서 킥킥대는 웃음소리도 들려왔다.

"어머, 나서려고 했더니 사내만 찾네. 그럼 나는 다시 들어가야겠는걸?"

"킬킬……."

"키득키득……."

"누, 누구냐?"

"그러는 당신은 누구인가요?"

조프리의 질문에 대꾸하는 목소리는 무척이나 영롱했다. 이런 전장에서는 절대로 들을 수 없을 것 같은 목소리다.

그것만으로도 놀랄 지경인데 그 목소리의 주인이 천천히 나타나자 조프리는 입을 딱 벌린 채 굳어버릴 수밖에 없었다.

"사, 사람이요? 아니면 여신인 거요?"

사방에 안개가 깔린 음산한 분위기 속에서도 그녀는 빛이 났다.

늘씬한 몸매에 착 달라붙는 레더 아머가 그렇게나 잘 어울릴 수 있다니…

언젠가 신전에서 보았던 전쟁의 여신과 똑같이 생긴 것 같았다. 그래서인지 조프리는 자신의 처지도 잊은 채 그런 어처구니없는 질문을 던지고 말았다.

"호호… 재미있는 사람이네. 죽이기 아까울 정도로……."

"으으… 당신이 설마 크롤 백작군이라는 말이오?"

조프리는 이제 겨우 서른세 살인 데도 명색이 휘하에 오백 명이나 되는 수하들을 거느린 실력 있는 기사다.

하지만 그런 그도 지금 앞에 나타난 적군에게는 차마 검을 들이대는 것을 망설일 수밖에 없었다.

상대가 자신을 죽일 것처럼 말을 하는 데도 말이다.

"정확히 말하자면 크롤 백작군이 아니라 연합군이라고 해야죠. 맞아요. 나는 연합군의 병사 파비앙이라고 해요. 원래는 당신을 죽이기 위해 나타난 것이지만 보아하니 악당은 아닌 것 같으니 살려줄게요. 그러니 어서 항복하세요."

"그냥 병사? 게다가 나더러 항복을 하라고? 허허… 허허허… 이것 봐요, 아가씨. 그냥 보내줄 테니 이대로 곧장 집으로 돌아가시오. 괜히 전쟁터에서 그러고 다니다가는 시집도 못 가보고 험한 꼴을 당하고 말 게요. 이거 그냥 하는 말이 아니니 어서 가란 말이오."

조프리는 생각보다 더 착했다. 그는 상대가 아가씨라는 것을 아는 순간부터 아예 싸울 마음이 사라진 것 같았다.

그의 이런 태도가 파비앙의 마음을 흡족하게 했다.

하지만 그렇다고 이대로 그를 놔줄 수는 없었다.

"나와 대결해서 당신이 나를 이기면 나도 포기하고 돌아가죠. 하지만 당신이 지면 항복하세요. 만일 대결을 하지 않으면 당신은 이 진 안에서 절대로 벗어날 수 없음을 명심하세요."

"으음… 그런 조건이라면 싸우지 않을 수 없겠군. 일단 이곳에서 벗어나는 게 급선무이니 말이야. 좋소. 내키지는 않지만 어디 한번 겨루어봅시다. 어서 검을 뽑으시오."

현재 자신의 능력만으로는 이곳을 벗어날 수 없다.

그것을 이미 깨닫고 있는 조프리다. 그랬기에 그는 파비앙과 싸울 마음이 전혀 없었는 데도 어쩔 수 없이 싸울 결심을 했다.

그녀를 이겨야지만 다른 동료들과 합류할 수 있다고 여겼다.

그런 이상 그녀가 아무리 아름다워도 일단 제압해야만 했다.

슈르릉~!

"여자라고 만만하게 생각했다가는 큰코를 다칠 거예요. 그러니 최선을 다하세요."

"나 역시 싸우기로 한 이상 그럴 마음은 없소. 그건 기사도가 아니니 말이오. 부디 조심하시오."

파비앙이 검을 뽑자 조프리도 들고 있던 검을 고쳐 잡았다.

그리고 곧 두 사람은 서로가 서로를 노려보기 시작했다.

3

테우신 영지군의 오백인대장 조프리가 파비앙과 싸우고 있을 때 그들의 총사령관인 해럴드는 그들과 떨어진 곳에서 고개를 갸웃거리고 있었다.

"이봐, 부관. 지금 상황이 대체 어떻게 돌아가고 있는 겐가? 분명 우리 병사들이 처음에는 유리한 것 같았는데 지금은 우왕좌왕하고 있는 것 같지 않아?"

"그러게 말입니다. 그리고 저쪽을 보십시오. 저들이 적들의 지휘관인 것 같은데 어째서 저렇게 한가하게 있는 것인지 모르겠습니다."

두 사람은 각기 다른 이유로 의아함을 느끼고 있는 것 같았다. 해럴드가 보고 있는 쪽에는 테우신 영지군과 숀의 연합군이 엉켜 있었고 부관이 보고 있는 곳에는 숀과 렌탈 남작, 그리고 크롤 백작 등이 있었다.

한 가지 놀라운 것은 지금 테우신 영지군이 연합군의 진에 걸려들어서 정신이 없었건만 밖에서는 그런 면이 잘 보이지 않는다는 것이다.

이것이 드래곤 바인드 진이 가지고 있는 또 하나의 놀라운 효능이었다.

"뭔지 모르겠지만 예감이 좋지 않아. 그리고 저 사람… 크롤 백작군의 사령관이라고 했던가? 맞지?"

"네, 맞습니다."

"지난번 망원경으로 보았을 때도 그랬지만 지금도 저자가 자꾸 신경에 거슬리네. 아무래도 저자부터 잡아야 할 것 같아."

이상하게 해럴드는 숀이 계속 마음에 걸렸다.

그의 얼굴에 떠올라 있는 여유와 자신감이 싫어서인지도 몰랐다.

그랬기에 그를 먼저 쳐야겠다고 결심하고는 그쪽으로 달려가려고 했다.

하지만 곧 해럴드가 그런 수고를 할 이유가 사라져 버렸다.

왜냐하면 숀 측에서 먼저 그를 향해 다가왔기 때문이다.

"나는 연합군을 이끌고 있는 크롤 백작이다. 그대가 테우신 영지군의 사령관인가?"

크롤 백작이 먼저 나서서 물었다.

아직 대외적으로는 숀이 왕손이라는 것을 알릴 수 없었기에 일부러 그를 내세웠던 것이다.

그것을 모르고 있는 해럴드는 다짜고짜 크롤을 비난했다.

"그렇소이다! 그런데 당신은 은혜도 모르는 거요? 우리 각하는 당신을 도와주려고 했건만 배은망덕하게 이게 무슨 짓이오?"

"배은망덕이라고? 조카를 도와준답시고 뒤통수를 쳐서 조카의 영지까지 빼앗으려고 한 파렴치한이 바로 그대의 각하이다. 이미 세상 사람들이 다 알고 있는 그 사실을 그대는 아직도 모르고 있다는 말인가? 테우신 백작은 나뿐 아니라 나의 아버지이자 자신의 친형마저 죽이려 한 짐승과도 같은 자다. 그런 자를 계속 따르겠다는 것인가?"

"그, 그건……."

"그대에게 한 번의 기회를 주겠다. 지금이라도 항복을 하고 정의를 따르겠다면 지난 과오는 모두 덮어주겠다. 그러나 끝까지 싸우겠다면 그대들도 그 파렴치한과 같은 자들로 규정하고 처단하겠다. 어서 선택하라!"

괜히 말을 꺼냈다가 본전도 찾지 못한 해럴드다.

그 역시 테우신 백작의 잘못된 점을 잘 알고 있었다.

하지만 그렇다고 이제 와서 그를 배신할 수도 없었다.

그러기에는 그동안 자신이 테우신 영지 안에서 쌓아올린 부와 명성이 너무 아까웠다.

"허튼 소리 하지 마시오. 그건 모두 당신이 꾸며서 세상에 퍼뜨린 헛소문이오! 차라리 당신이 항복하시오. 그러면

내가 각하께 말씀드려 목숨만큼은 부지할 수 있도록 선처를 호소해 보겠소."

해럴드의 말에 숀의 입꼬리가 살짝 위로 올라갔다. 그가 어째서 저따위 말을 하고 있는지 감을 잡은 모양이다.

크롤 백작 역시 무엇을 느꼈는지 처음보다 경직된 말투로 엄포를 놓았다.

"생각보다 멍청한 자로군. 하지만 항복하기 싫다면 그냥 꺾을 수밖에… 각오는 되어 있겠지?"

하지만 해럴드의 반응은 놀라웠다.

그는 크롤의 엄포에 겁을 먹기는커녕 오히려 껄껄 웃더니 허공에 대고 바로 명령을 내렸다.

"하하하! 이건 마치 호랑이 굴에 들어온 여우가 큰소리치는 격이네. 이것 보시오, 크롤 백작. 지금 당신들이 유리하다고 생각하는 모양인데 그게 얼마나 큰 착각인지 내가 깨닫게 해주겠소. 얘들아! 준비해라!"

"네!"

촤르르~ 척척척!

순간 망루의 좌우에서 약 이백여 명에 달하는 궁수가 나타나더니 순식간에 활에 화살을 먹이고는 크롤과 숀 등을 겨누었다.

워낙 거리가 가까운 데다가 궁수들의 숫자가 많아 그 누구도 피해가기 힘든 상황이 벌어진 것이다.

"이런 비겁한 녀석. 네놈이 그러고도 기사라고 할 수 있다는 말이냐?"

"전쟁에서 비겁한 게 어디 있소? 병법서에도 전쟁에서 승리하기 위해서는 때로 기묘한 전략이 필요하다고 적혀 있다는 것 모르시오?"

적들을 독 안의 쥐로 몰아놓았다고 생각해서 그런지 해럴드의 말투는 처음보다 더욱 여유로웠다.

그에 반해 크롤 백작은 어이가 없다는 듯 호통을 치는 것을 보니 꽤 흥분한 모양이다.

그것을 보고 안 되겠다 싶었는지 뒤쪽에 있던 숀이 천천히 앞으로 나섰다.

"고작 궁수 이백 명을 모아 놓고 기고만장하다니⋯ 그것 참 재미있네."

비록 나이는 어려 보였지만 숀이 나서는 순간 해럴드는 심장박동 수가 빨라졌다.

어째서 그런지는 몰라도 마치 천적을 만난 것 같은 기분이 들었다.

그게 마음에 들지 않는지 그는 일부러 더 엄숙한 목소리로 되물었다.

"지금 상황이 재미있다고? 허허⋯ 그렇게 말하는 너는

누구냐?"

"나? 나는 연합군의 사령관 숀이라고 한다. 크롤 백작님과 달리 나는 성격이 조금 과격한 편이지. 좋게 말할 때 저들을 물려라. 그렇지 않으면 크게 후회할 거야."

"미친놈이군. 그래, 어떻게 나를 후회하게 할 것인지 한번 해보시지 그래? 단 그렇게 하지 못하면 너는 네 몸뚱이로 인간 고슴도치가 어떤 모습인지 보여주어야 할 거야. 그래도 해보겠나?"

해럴드는 단번에 숀을 미친놈 취급을 했다.

궁수 이백 명이 전원 화살을 장전한 상태에서 자신을 노리고 있는데 되레 큰소리를 치고 있으니 그럴 만도 했다.

"그것 참 고마운 말이네. 그렇지 않아도 몸이 찌뿌드드했는데 풀어보지도 못하고 싸움이 끝날까 봐 조마조마했거든. 그럼 어디 재미 좀 볼까? 눈 크게 뜨고 잘 봐야 할 거야. 그렇지 않으면 상황이 정리된 후에 흑마법을 썼다는 둥 믿을 수 없다는 둥 허튼 소리를 지껄일지도 모르거든. 자, 간다!"

숙!

간다는 말이 떨어짐과 동시에 숀의 모습이 눈앞에서 순식간에 사라져 버렸다.

"헉! 어, 어디로……."

그러자 해럴드의 옆에 있던 부관이 너무 놀라 자신도 모르게 헛바람을 들이켰다. 하지만 그건 겨우 시작에 불과했다.

스슥…

"크악!"

"켁!"

"끄악!"

"저, 저럴 수가……."

장내에서 사라진 숀의 모습은 눈 깜짝할 사이에 망루의 좌측에서 나타났다. 아니, 그가 그쪽에 나타났다고 깨닫는 순간 그쪽에 있던 백여 명의 궁수들이 줄줄이 쓰러져 버렸다.

불과 이십여 초 만에 벌어진 일이다.

그것을 보고 해럴드가 입을 딱 벌리며 손가락을 가리킬 때쯤에 또다시 숀의 모습이 사라졌다.

슈숙!

"으악!"

"컥!"

그리고 이번에는 망루의 우측에 등장하더니 번개처럼 그쪽 궁수들을 쓰러뜨리기 시작했다.

그 누구도 지금 숀이 무슨 수법으로 궁수들을 공격하는

지 알 수 없었다.

그저 손이 올라가는 것 같다고 느끼는 순간 어느새 다른 병사를 공격할 정도로 빨랐기 때문이다.

그렇게 또다시 이십여 초가 지나자 망루에 서 있는 사람은 손 한 명밖에 남지 않았다.

숙~ 척!

"청소가 끝났으니 이제 다시 대화를 나누어볼까?"

"당, 당, 당신… 대체 누구요?"

일 분도 채 지나지 않아서 그렇게 믿었던 궁수대가 전멸해 버리자 해럴드는 반쯤 넋이 나가 버렸다.

그런 그의 앞에 나타난 손은 이제 사람으로 보이지도 않았다.

그래서인지 환하게 웃고 있는 그의 미소가 섬뜩하기만 했다.

Chapter 06

공성전

건들면죽는다

1

숀이 해럴드의 얼을 빼놓고 있을 때 드래곤 바인드 진 안
에서는 병사들의 활약이 눈부셨다.

이들은 모두 일반 병사였지만 절대 기사들과 비교해도
처지지 않는 실력자들인지라 누구와 일대일로 붙어도 밀리
자 않았다.

그런 데다가 진의 위력까지 등에 업고 있으니 무서울 것
이 전혀 없었다.

특히 병사 하인리와 크누센, 그리고 파비앙의 활약은 발군이라고 할 수 있었다.

"자, 이래도 항복하지 않을 건가요?"

"으으… 나는 아직까지 당신처럼 실력 있는 여기사가 있다는 말을 들어본 적이 없소. 대체 당신 정체가 뭐요?"

파비앙을 여자라고 우습게 보던 테우신 영지군의 오백인 대장 조프리는 지금 벌어진 상황을 믿을 수가 없었다.

상대는 여자일 뿐 아니라 일반 병사의 복장을 하고 있지 않은가.

그런 데도 자신은 변변한 공격 한번 해보지도 못한 채 이렇게 바닥에 쓰러져 그녀의 처분만 기다리는 신세가 되어 있었다.

목에 그녀의 검끝을 댄 채 말이다.

"아까 말했듯이 나는 연합군 소속 병사 파비앙이라고 해요. 기사가 되려면 아직 멀었죠. 호호…….""

"믿을 수가 없군. 그렇다면 설마 연합군의 병사들이 전부 당신만큼 강하다는 말이오? 다시 말해 마나를 쓸 수 있느냐 하는 것을 묻는 거요. 이런… 내가 지금 무슨 말도 안 되는 질문을 하고 있는 거야? 모든 병사가 마나를 쓴다는 게 말이 돼? 참 나…….""

질문을 하던 조프리가 갑자기 고개를 흔들며 스스로가

한심하다는 듯 그렇게 중얼거렸다.

통상 제법 잘나간다는 영지군이라 해도 기사의 수는 기껏해야 몇 백 명 이내다.

그러나 시골 영지 같으면 그런 기사가 이삼십 명도 없는 게 현실이다. 이 말은 마나를 사용할 수 있는 사람이 그만큼 적다는 뜻이다.

그런데 일개 병사들이 전부 마나를 사용할 수 있다는 게 가당키나 하겠는가.

"맞아요. 우리 병사들 총 일천팔백 명 전원이 마나를 사용할 수 있죠. 애초부터 이 싸움은 우리가 이길 수밖에 없었던 거죠. 당신들이 희생되는 것을 신경 쓰지 않았다면 벌써 끝난 싸움이었어요."

"맙소사. 말도 안 돼. 그럼 어째서 끝내지 않고 시간을 끌었던 거요?"

조프리는 파비앙의 말을 액면 그대로 믿을 수 없었지만 궁금증 때문에 다시 물었다.

"그건 우리 사령관님께서 희생을 최소화시키기를 바랐기 때문이죠. 왜 그랬을까요?"

"왜 그런 것이오?"

"그분 말씀에 의하면 당신들이나 우리들이나 모두 같은 왕국민이라고 하더군요. 집안 식구끼리 싸울 수는 있겠지만 죽이는 것은 너무한 것 아니냐며 최대한 희생을 줄여야 한다고 강조하셨어요."

쿵…

파비앙의 이 한마디에 조프리는 망치로 뒤통수를 한 대 맞은 기분이 들었다.

적군은 자신들도 같은 왕국민이라고 최대한 죽이지 않으려고 했다는데 자신들은 어떠했는가.

사실 조프리와 동료들은 싸움에 임하기 직전 적을 만나면 가차 없이 죽이라는 명령을 받은 게 전부였다.

그들이 같은 왕국민이라는 생각은 단 한 번도 들지 않을 만큼 말이다.

"나는 당신의 말을 그대로 믿을 수 없소. 처음부터 거짓말을 하는 사람의 말을 내가 어찌 믿겠소?"

"호호… 내가 우리 병사들의 능력을 너무 부풀려서 말한 것이라 생각하고 있군요."

"그렇소. 그것은 나뿐 아니라 대륙 누구에게 말을 했어도 마찬가지일 거요. 나도 검을 잡은 지 벌써 삼십 년이 되어 가오. 하지만 지금까지 단 한 번도 일반 병사가 마나를 사용하는 것을 본 적이 없소. 그런데 어째서 유독 당신네 연합군 안에만 그렇게 많은 괴물 병사들이 존재할 수 있느냐 이거요."

싸움에서 지기는 했지만 그렇다고 바보가 될 수는 없었다.

죽는 한이 있어도 기사로서의 자존심은 지키고 싶었던 것이다.

자신의 그런 뜻을 확실히 보여주기 위해 조프리는 강경한 어조로 파비앙의 말을 부정했다.

"당신의 입장을 이해할 수도 있을 것 같군요. 그래서 내가 한 가지 제안을 하고 싶은데… 들어보실래요?"

"말해보시오."

"지금까지 내가 했던 말이 진실이라는 것이 확인되면 진심으로 항복하고 우리 사람이 되어주세요. 그러나 만일 거짓으로 밝혀지면 당신을 풀어주겠어요. 어때요?"

"그런 조건이라면 흔쾌히 승낙하겠소. 그런데 어떻게 확인시켜 주겠다는 거요?"

이미 패배한 조프리의 입장에서는 매우 달콤한 제안이었다. 단지 이 아름다운 여전사가 무슨 방법으로 자신의 말을 증명할 것인지 그게 매우 궁금했다.

겨우 자신 한 명 때문에 일천팔백 명이나 되는 병사들을 모아놓고 검에 오러를 생성하게 할 리도 없지 않은가.

게다가 지금은 생사가 오가는 전쟁 중이라 더 그랬다.

그런데 그와 이야기를 나누던 파비앙이 갑자기 허공을

향해 말했다.

"그건 두고 보면 알 거예요. 다들 내가 지금까지 한 말 들었죠?"

그리고 순간 놀랍게도 여기저기에서 거친 사내들의 대답이 들려왔다.

안개의 장막 속에서 헤매고 있던 조프리의 입장에서는 입이 딱 벌어질 만큼 기가 막힌 상황이다.

"킬킬… 물론입니다, 파비앙 아가씨!"

"큭큭큭… 준비 완료입니다."

"자, 그럼 제가 명령하겠습니다. 브레이크(Break)!"

"브레이크(Break)!"

파비앙이 '브레이크'라는 명령을 내리자 사내들이 복창했다. 그리고 곧 경이로운 일이 벌어졌다.

갑자기 안개가 걷히더니 장내 상황이 한꺼번에 드러났던 것이다.

가운데 쪽에는 테우신 영지군 복장을 하고 있는 기사들이 쓰러져 있었고 그 바깥쪽으로는 병사들이 무릎을 꿇고 있었다.

그리고 그들 주위로 파비앙과 같은 복장을 하고 있는 병사들이 형형한 눈빛으로 그런 테우신 영지군을 향해 검을 겨누고 있었던 것이다.

"이, 이럴 수가……."

"지금 당신들 모두가 일대일로 싸웠던 우리는 연합군의 병사입니다. 그리고 저쪽에 계신 분들이 우리의 지휘관이자 기사님들이지요. 이제 우리 병사들 모두가 마나를 사용할 수 있다는 것을 믿을 수 있겠습니까?"

너무 놀라서 눈이 찢어질 듯 커진 사람은 비단 조프리 한 명만이 아니었다.

바닥에 쓰러져 있던 테우신 영지군 기사들과 병사들은 자신을 패배시킨 병사부터 다른 쪽에 있는 병사들까지 훑어보며 믿을 수 없는 현실 앞에서 절망할 수밖에 없었다.

일천팔백 명이나 되는 병사가 마나를 사용할 수 있다니…

이것은 자신들이 기사들 일천팔백 명과 싸웠다는 뜻이나 마찬가지였다. 그리고 대륙 어디에서도 그렇게 많은 기사단을 보유한 군대는 없었다.

거기까지 떠올리자 테우신 영지군은 모두 맥없이 고개를 떨어뜨리고 말았다.

그러고는 하나둘 같은 단어를 내뱉기 시작했다.

"우리가 졌습니다. 항복합니다."

"항복합니다. 그리고 무조건 당신들을 따르겠습니다."

병사들이 나서서 적들을 물리치고 그들을 모조리 항복시

키다니…

대륙 역사에서 이런 일은 단 한 번도 없었다.

이것은 숀이 애초부터 계획한 일이기는 했지만 그도 설마 남아 있던 테우신 영지군을 몽땅 다 항복시키리라고는 예상하지 못했었다. 숀은 거의 비슷한 시간에 해럴드와 그의 부관, 그리고 측근에 있던 최강 기사들을 전부 제압했다. 그랬기에 느긋한 표정으로 자신의 병사들이 이룩한 쾌거를 바라보며 이런 생각을 할 수 있었다.

'앞으로 계속될 수 있는 전투를 위해 경험을 쌓게 하려는 것이 이번 싸움의 목표였다. 여기에서 자신감을 얻게 되면 그때서야 기사가 될 수 있다고 생각했었지. 그런데 설마 이 정도일 줄이야… 아무래도 테우신 영지를 접수하고 나면 저들 모두를 승진시켜야겠군. 그렇게 되면 최강의 기사단이 탄생할지도 모르겠네. 크크크…….'

그런데 이때 멀리서 이들의 이런 상황을 몰래 지켜보는 눈들이 있었다.

그 눈의 주인들은 테우신 영지군이 항복하는 모습을 보자마자 잽싸게 말에 올라타더니 어딘가를 향해 죽어라고 달리기 시작했다.

2

"뭣이라고! 해럴드, 그 미친놈이 항복을 했다고? 이런 개 같은……."

와르르르~ 우당탕 쿵탕~!

몰래 전장을 살펴보던 눈들은 모두 테우신 백작의 심복들 가운데 정보와 정찰을 담당하고 있는 무리들이었다.

테우신은 지은 죄가 커서 그런지 그 누구도 믿지 못한다. 그랬기에 자신의 수하들에게도 이처럼 첩자 역할을 하는 심복들을 심어놓았던 것이다.

그리고 오늘에서야 그것이 얼마나 잘했던 일인지 실감할 수 있었다.

기분 좋은 실감은 아니더라도 말이다.

테우신이 크게 흥분을 하며 책상 위에 있던 집기들을 모두 쓸어내려 박살을 내자 곁에 있던 성 방위 책임자 도베르만 자작이 나섰다.

그는 차분한 목소리로 테우신에게 조언을 했다.

"고정하십시오, 각하. 이럴 때일수록 냉정을 찾으셔야 합니다."

테우신 백작도 금방 이성을 되찾으며 도베르만 자작에게 말했다.

"끄응… 알겠다. 하지만 해럴드가 항복할 정도면 사태가 심각하다는 것 아닌가. 이를 어쩌면 좋겠나?"

사실 알고 보면 사방에 첩자들을 심어놓은 테우신이었기에 아직 크게 걱정하고 있는 것은 아니었다.

단지 늘 옆에 있는 도베르만조차 백 퍼센트 믿는 것이 아니기 때문에 일부러 연극을 하는 것뿐이다.

"아직 짐머만 영지군도 있고 무엇보다 교활한 폭스단도 있지 않습니까? 그리고 성안에도 최정예 병사들이 오백 명은 있습니다. 그들과 안과 밖에서 잘만 연합하면 아직 적들을 물리치는 데는 별 무리가 없을 것입니다."

"으음… 듣고 보니 일리가 있군. 하긴 성문을 굳게 닫고 버티기만 해도 놈들이 쉽사리 안으로 들어오기는 힘들지. 우리 성은 특히 방어에 크게 신경을 쓴 곳이니까 말이야."

두 사람은 아직 짐머만 영지군과 폭스단이 숀의 수중으로 넘어간 것을 모르고 있었다.

워낙 순식간에 흡수를 해버린 터라 아직 그곳에 있던 테우신 백작의 심복이 보고를 하지 못한 모양이다.

이런 것을 보면 숀의 운도 그리 나쁘지 않은 것 같았다.

그런데 하필 그때 경비병의 보고가 들어왔다.

"각하, 팬든이라는 자가 각하를 뵙고자 합니다. 어떻게 할까요?"

"어서 들여보내라."

"네!"

끼이익…

문이 열리자 몹시도 평범하게 생긴 병사 한 명이 안으로 들어왔다.

평소 같았으면 일개 병사가 테우신 백작의 집무실에 들어온다는 것은 꿈도 못 꿀 일이다.

병사는 테우신에게 인사를 하자마자 도베르만의 눈치를 보면서 머뭇거렸다. 그가 있는 것이 껄끄러운 모양이다.

"충성! 신 팬든, 각하께 보고드릴 것이 있어서 왔습니다!"

하지만 테우신이 재촉하자 얼른 다시 입을 열었다.

"괜찮으니 어서 말하라."

"이제야 월터 기사대장의 부대와 짐머만 영지군, 그리고 폭스단이 움직이기 시작했습니다. 그들은 곧 해럴드 사령관의 부대와 합류할 것으로 보입니다."

"그게 무슨 헛소리냐? 이미 해럴드 부대는 적들에게 항복했는데 이제 그들과 합류하겠다는 것이 말이 된다고 생각하나?"

가만 보니 팬든이라는 자도 테우신의 심복인 것 같았다.

그런데 그는 바로 앞에 와서 보고했던 심복과는 전혀 맞지 않는 이야기를 늘어놓은 것이다. 그러니 테우신이 화가 날 수밖에…

"그, 그럴 리가 없습니다! 해럴드 사령관의 부대가 항복을 했는지는 모르겠지만 짐머만 영지군 등이 그들 쪽으로 달려간 것은 확실합니다. 그것까지 보고 제가 곧장 이곳으로 온 것이니까요. 믿어주십시오."

팬든이 억울하다는 듯 말하자 도베르만이 얼른 나섰다.

그의 정체가 무엇이든 테우신에게 보고하는 것으로 보아 믿을 만한 정보라는 생각이 든 모양이다. 그리고 그런 그의 말에도 충분히 일리가 있었다.

"각하, 아무래도 타이밍이 어긋난 모양입니다. 그렇다면 지금쯤 적들과 그들이 싸우고 있을지도 모르겠습니다. 이제라도 당장 사람을 보내서 그들과 적들이 싸우지 않도록 말려야 합니다."

"두 부대가 서로 싸운다면 우리 측이 더 유리할 것 아닌가? 어째서 그들이 놈들을 미리 막지 못하고 여기까지 오게 한 것인지는 모르겠지만 아직 그들의 전력이 훨씬 월등할 텐데……."

"그건 그렇습니다만 적들이 우리의 예상과 전혀 다르게 움직이는 것으로 보아 뭔가 있는 것이 분명합니다. 그것을 알기 전까지는 최대한 힘을 합쳐 성 쪽으로 유인하는 것이 유리할 것입니다."

지금 테우신과 도베르만은 정말 커다란 착각을 하고 있

었다.

그들이 아군으로 알고 있는 자들이 벌써 숀의 손발이 되었다는 것이 그것이다.

팬든이라는 자가 이곳까지 와서 보고를 할 수 있었던 것도 그렇고, 또 그 전에 먼저 와서 해럴드의 항복을 알려준 수상한 눈의 주인도 모두 숀이 알면서도 보내주었기에 가능했던 일이었다.

숀은 교활하게도 진작부터 테우신의 첩자를 알고 있었다.

하긴 한때 고금 최강의 살수였던 그가 그렇게 허접한 첩자를 몰라볼 리가 없었다. 그리고 그것을 알아내는 순간부터 그는 그들을 역이용하기로 결심했던 것이다.

그랬기에 테우신의 첩자들은 모두 자기가 속고 있는 것조차 모르고 있었다.

그 점이 두 사람을 더욱 믿게 만드는 무기가 되었다. 아이러니하게도 말이다.

"자네의 말에도 일리가 있군. 그렇다면 어서 사람을 보내 그들에게 당장 성으로 오라고 전하게."

도베르만의 제안에 솔깃해진 테우신 백작이 즉시 명령을 내렸다.

"알겠습니다. 부디 늦지 않기를 바랄 수밖에요. 제가 가서 직접 사람을 뽑겠습니다. 전시 상황인만큼 발 빠르고 강한 기사를 보내야 할 것 같습니다."

도베르만이 결연한 표정을 지으며 문 쪽으로 걸어갔다.

한시가 급한 상황이라 서두르는 것이다. 그런데 그의 발목을 잡는 일이 벌어졌다.

도베르만이 나가기 직전 또다시 경비병이 보고를 했다.

"성문 경비대장이 각하를 뵙고자 합니다."

"어서 들라 하라."

끼익…

다다다다… 척!

곧 성문 경비대장이라는 자가 급히 테우신 백작 앞으로 달려가 한쪽 무릎을 꿇었다.

"각하! 지금 성 앞에 월터 기사대장이 부대원들과 함께 도착했습니다. 급히 각하를 뵙고 드릴 말씀이 있다고 하는데 어떻게 할까요?"

"뭣이! 월터 대장과 병사들이 왔다고? 짐머만 영지군과 폭스단은 함께 오지 않았느냐?"

경비대장의 말에 테우신 백작이 크게 놀라며 되물었다.

방금 전 팬든으로부터 월터 부대와 짐머만 영지군, 그리고 폭스단이 함께 움직이고 있다는 보고를 들은 탓이다.

"그들은 보이지 않았습니다. 다만 월터 기사대장의 표정이 다급해 보이는 것으로 보아 뭔가 급한 일이 생긴 것 같기는 했습니다."

"각하, 아무래도 나머지 부대원들은 적들과 싸우고 있는 모양입니다. 어서 월터군이라도 성안으로 들이십시오! 그들을 성안에 합류시킨 다음 다른 부대로 사람을 보내는 것이 나을 것 같습니다."

도베르만이 다급한 표정으로 참견했다.

상황이 이렇게 된 이상 일단 성안 병력을 늘린 다음 적절한 작전을 세우는 것이 낫다고 판단한 것이다.

"들었으면 어서 가서 월터와 그의 병사들을 들라 하라!"

"네! 각하!"

테우신 백작이 소리를 지르자 성문 경비대장이 깜짝 놀라며 잽싸게 돌아갔다.

이럴 때 허둥대다가는 또 무슨 봉변을 당할지 모르기 때문이다. 테우신은 그만큼 수하들에게 무서운 존재였다.

"으드득… 크롤, 이놈이 끝까지 나를 성가시게 하는구나. 젠장!"

"하지만 그의 기고만장도 이제 곧 끝날 것입니다. 비록 처음 작전과 많은 부분이 달라지기는 했지만 아까 말씀드린 대로 아직은 저희가 훨씬 유리하니까요. 그리고 제가 전에도 말씀드렸잖습니까? 고지식한 해럴드보다는 제가 훨씬 낫습니다. 이번에 그것을 확실하게 증명해 드리겠습니다,

각하!"

테우신은 기분이 찜찜했지만 도베르만은 지금 속으로 웃고 있었다.

평소 그의 가장 큰 경쟁자였던 해럴드가 항복했다는 것만으로도 자신의 입지가 확연히 달라진 탓이다. 그리고 그는 확실하게 자신이 있었다. 아직은 자신들이 성안에 있었기 때문이다.

수성은 공성보다 훨씬 쉽지 않은가.

그게 진리였다.

아직까지는 말이다.

3

숀과 그의 병사들이 해럴드 부대를 제압하는 동안에도 멀린은 열심히 달리고 있었다.

그 혼자만이 아니라 그의 뒤에는 실로 엄청난 인원이 함께 달리고 있었는데 그들에게는 한 가지 희한한 점이 엿보였다.

기가 막히게도 그들의 모습이 흐릿해서 조금만 떨어져서 보면 아무도 없는 것 같은 착각이 일어나고 있었던 것이다.

"테우신 성이 보입니다!"

"나도 보고 있다. 자, 이제 다 왔으니 조금만 더 힘을 내라!"

"알겠습니다, 병단주님! 모두 마나를 아끼지 말고 최선을 다해라!"

"네!"

두두두두…

이런 현상의 뒤에는 멀린을 비롯한 마법사들의 엄청난 노력이 숨어 있었다.

이들은 지금 모두 힘을 합쳐 블라인드(Blind)라는 마법을 시전하고 있었다.

이 마법을 사용하게 되면 마법사가 지정한 곳은 다른 사람들이 제대로 볼 수가 없게 된다.

원래는 그 범위가 그리 넓지 않고 또 오랜 시간 동안 유지하기가 힘든 마법이다.

그러나 전쟁을 시작하기 전 멀린과 숀은 이 마법을 매우 심도 깊게 연구했었다. 그 결과 비록 완벽하게 시야를 차단할 수는 없지만 어느 정도 거리가 떨어진 사람들은 볼 수 없는 단계까지 발전시킬 수 있었다.

물론 마법의 지정 범위를 몇 백 미터까지 넓혔을 때 이야기다.

즉 멀린과 마법사들은 현재 자신들뿐만 아니라 월터의

부대와 짐머만 영지군, 그리고 폭스단원들까지 모두 일반인들의 시야에서 사라지게 만든 채 달리고 있다는 말이다.

[모두 속도를 줄여라!]

성문이 보이는 지점에 도착하자 멀린이 나직하지만 모두의 귀에 똑똑히 들리는 매직 보이스를 이용해 명령을 내렸다.

그러고는 각 부대의 지휘관들이 있는 쪽으로 다가갔다.

"워워~!"

"시간이 별로 없소이다. 그러니 작전대로 우선 월터 경과 부대원들이 먼저 성문 쪽으로 달려가도록 하시오."

멀린은 그들 중 테우신 영지의 기사대장이었던 월터를 가장 먼저 지목했다.

뭔가 미리 준비한 작전이 있는 것 같았다.

"이미 준비는 되어 있습니다."

"다시 한 번 말하겠지만 우리 사령관님께서는 이 왕국의 미래를 바꾸실 분이시오. 그 점을 잊지 마시오."

"물론입니다. 그때도 말씀드렸지만 저희들은 그동안 테우신 백작의 횡포에 넌더리가 난 상태입니다. 이럴 때 그분을 만난 것은 신의 가호가 아닌가 싶습니다. 그러니 믿어주십시오!"

지금 이곳에 있는 사람들은 숀의 정체를 알고 있었다.

아무래도 숀이 이번 작전을 세우면서 항복한 병사들이

자신을 진심으로 따르게끔 만들기 위해 미리 밝혔던 모양이다.

과연 조금의 빈틈도 없는 손다운 병력 운용이다.

"알겠소. 그럼 어서 달리시오!"

"전군, 성문 앞으로!"

두두두두…

멀린의 명령이 떨어지자마자 월터군이 무서운 속도로 달리기 시작했다.

그리고 그들은 마법의 영향권에서 벗어나자마자 모두의 시야에 환하게 드러났다.

특히 테우신 성문 위에서 경비를 서던 자들의 눈에는 더욱 그랬다.

그들은 언덕 쪽을 바라보다가 갑자기 등장한 부대를 발견하고는 바짝 긴장했다.

"어서 망원경을 가져와라!"

"네! 대장님!"

부하 병사가 망원경을 건네주자 경비대장은 지금 흙먼지를 자욱이 피어 올리며 달려오고 있는 무리가 누구인지 얼른 확인했다.

"헛! 선두에서 달려오고 있는 분은 월터 대장님이 확실하다. 이런……."

"성문을 열까요?"

"기다려라! 지금은 전시인만큼 누가 오든지 간에 무조건 각하게 보고부터 하고 허락을 받아야 한다는 것을 잊었느냐?"

경비대장의 독백을 들은 선임 병사 한 명이 얼른 물었다. 제 딴에는 눈치 빠르게 물은 것이었지만 그 때문에 오히려 핀잔만 듣고 말았다.

가만 보니 성문 경비대장이라는 자는 원리 원칙주의자인 것 같았다.

"죄, 죄송합니다. 시정하겠습니다!"

"됐으니 앞으로 조심하라."

두 사람이 이런 대화를 나누고 있을 때 마침내 월터군이 성문 앞까지 다가왔다.

그런데 그런 그들의 뒤쪽에서 뭔가 수상한 기운이 일렁이고 있었다.

아무도 눈치채지 못하고 있었지만 말이다.

"나는 기사대장 월터다! 어서 성문을 열어라!"

먼지를 뒤집어 쓴 채 월터가 성 앞에 나타나 큰 목소리로 외쳤다.

그러자 성문 경비대장이 위쪽에서 아래를 내려다보며 절도 있게 인사를 하더니 양해부터 구했다. 아무리 상급자라고 해도 예외는 없었다.

"충! 어서 오십시오, 대장님! 그런데 지금은 전시라 일단 각하께 허락을 받아야 합니다. 그건 알고 계시리라 생각합니다만…….."

"으음… 상황이 다급하니 어서 보고하고 허락을 받아오게. 각하께 급히 드릴 말씀이 있다는 것도 전해야 하네!"

"알겠습니다. 잠시만 기다려 주십시오!"

성문 경비대장은 평소 월터의 말이라면 죽는 시늉까지 해야 하는 한참 아래의 후배이다.

그랬기에 월터도 막무가내식으로 들여보내 달라고 우길 수 있었지만 그는 그렇게 하지 않았다.

평소 이자의 성품이 얼마나 고지식한지 잘 알고 있는 탓이다.

이럴 때 우겨 봤자 시간만 더 손해 볼 수 있었다.

그리고 지금은 시간이 별로 없었다. 아니, 심각할 정도로 다급하다고 할 수 있을 정도다.

자신들 행렬의 뒤쪽에 몰래 따라온 다른 부대 때문이다.

그들을 보이지 않게 하고 있는 마법사들이 지탱할 수 있는 시간이 이제 얼마 없었다.

그런 이유로 월터는 오히려 성문 경비대장이 하자는 대로 순순히 따랐던 것이다.

월터가 앞에서 그러고 있는 동안 그들 부대의 끝 쪽에서는 희미한 형체의 사람들이 작은 목소리로 속삭이고 있었다.

"병, 병단주님, 얼마나 더 버텨야 할까요? 마나가 거의 고갈되어 가고 있는 것 같습니다."

"어허… 조금만 더 버티게. 앞으로 길어야 삼십 분이면 될 게야. 그때까지만 참아보게."

"알겠습니다. 목숨을 걸고라도 버티겠습니다."

바로 멀린과 마법병단원들이다.

그런 그들의 주변에는 짐머만 영지군과 폭스단원들이 숨을 죽이고 있었다.

만에 하나 마법이 풀리게 되면 모든 작전이 수포로 돌아갈 수도 있었기 때문에 이들은 모두 바짝 긴장할 수밖에 없었다.

"죄송합니다, 월터 대장님. 저희 마음 같아서는 곧바로 성문을 열고 싶지만 그랬다가는 저희가 죽을 수도 있어서요."

기다리는 시간이 길어지자 조금 전 성문 경비대장에게 문을 열어주자고 건의했다가 한 소리 들었던 병사가 월터를 향해 머리를 조아리며 말했다.

그냥 있자니 왠지 껄끄러웠던 모양이다.

"괜찮네. 그런데 자네 이름이 뭔가?"

"네! 저는 선임 병사 시온이라고 합니다!"

"시온이라… 내 기억해 두지."

"감, 감사합니다!"

일반 병사들에게 기사대장이라는 사람은 거의 신과 동급이라고 할 수 있었다.

보통 때라면 말을 걸기는커녕 함부로 쳐다볼 수도 없는 존재인 것이다.

그런 그가 자신의 이름을 기억해 준다는 그 한마디에 시온은 크게 감격할 수밖에 없었다.

그러는 사이 직접 테우신 백작에게 보고하기 위해서 들어갔던 성문 경비대장이 돌아왔다.

"각하의 허락이 떨어졌다. 어서 성문을 열어라!"

"성문을 열라고 하신다!"

그그그긍…

곧 육중한 테우신 성의 문이 올라갔고 월터 기사대장을 비롯해 그의 병사들이 재빠르게 성안으로 들어섰다.

그런데 놀랍게도 월터와 그의 병사들은 성안으로 들어서자마자 경비병들을 공격하기 시작했다.

"모두 제압하라!"

"알겠습니다!"

"이, 이게 대체 무슨 짓입니까?"

"다 우리 영지민들을 위해 하는 일이니 잠시 동안 쉬고 있어라."

쉬익~ 빠각!

"크억!"

놀란 경비대장이 월터의 앞을 가로막으며 따지고 들었지만 월터의 일격을 머리에 맞고 그대로 뻗고 말았다. 칼집에 맞아 기절한 것이다.

그렇게 순식간에 성문은 점령되었다. 그리고 뒤를 이어 엄청난 병사들이 밀려들었다.

"마법을 풀어라! 이제부터는 공격 마법을 메모리 하라!"

"알겠습니다! 병단주님!"

짐머만의 영지군과 폭스단원까지 모두 성안으로 들어온 것을 확인하자 그제야 멀린은 마법을 해소했다.

블라인드 마법을 사용했던 목적이 달성된 것이다.

그리고 폭스단주 크림겔이 오른손에 검을 쥐고 그것을 힘차게 치켜들며 외쳤다.

"다들 들어라! 이제부터 최대한 빠른 시간 안에 성을 접수한다!"

"와아아아~!"

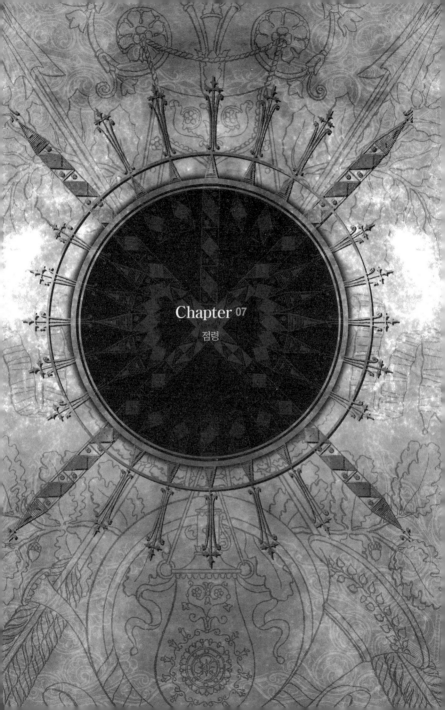

Chapter 07
점령

건들면죽는다

1

밖에서 요란한 함성 소리가 들려오자 테우신과 도베르만
은 영문을 모르겠다는 듯 서로의 얼굴을 쳐다보았다.

"윌터의 군대가 적들을 해치우고 온 건가? 왜 저렇게 소
리를 지르는 거지?"

"아무리 승리를 하고 온 것이라고 해도 각하께서 계시는
데 저리 소란을 피우는 것은 말이 안 됩니다. 아무래도 뭔
가 이상한 것 같으니 제가 상황을 알아보고 오겠습니다."

"기왕이면 서둘러서 알아보게. 궁금하구먼."

테우신 백작이 고개를 갸웃거리며 묻자 도베르만이 재빨리 대꾸를 하며 나갈 준비를 했다. 예감이 좋지 않아 직접 알아보는 것이 낫다고 생각한 모양이다.

"허허. 참… 이겨서 날뛰는 것 같기는 한데 도가 지나치군. 아무래도 이번 전쟁이 끝나고 나면 기사들과 병사들의 정신 교육을 시켜야겠어. 쯧쯧……."

도베르만이 나가고 나자 테우신은 자신의 의자에 몸을 깊숙이 묻으며 혀를 찼다.

그는 아직도 자신의 영지군이 패배할 것이라고는 꿈에서도 생각지 않고 있었다. 그랬기에 옆에 따라 놓은 술까지 한 잔 들이켜며 아예 눈까지 감아버렸다.

그러는 사이 밖으로 나간 도베르만은 입을 쩍 벌리며 크게 경악하고 말았다.

성문이 있는 쪽에서부터 엄청난 병사들이 몰려오고 있었고 도베르만 자신이 지휘하고 있는 성 방위군이 정신없이 후퇴를 하고 있었기 때문이다.

도베르만은 후퇴하던 병사 한 명을 붙잡아 신경질적인 어투로 물었다.

"이, 이럴 수가… 이봐, 병사! 이게 지금 무슨 상황인지 보고하라."

"앗! 사령관님, 충성!"

"인사는 됐고 어서 상황부터 설명하라니까!"

"큰일 났습니다! 월터 기사대장이 반란을 일으킨 것 같습니다."

와락!

병사가 겁에 질린 목소리로 보고를 하자 도베르만이 그의 멱살을 움켜쥐었다.

해럴드라면 몰라도 기사대장 월터가 반기를 들었다는 것이 도통 믿어지지 않았던 것이다.

"뭐라고! 월터, 그놈이 반란을? 그게 사실이냐?"

"그, 그렇습니다. 그자들이 우리 병사들을 죽이면서 성안으로 몰려 들어오고 있습니다. 워낙 수가 많아 저희들은 후퇴를 할 수밖에 없었습니다. 크흐흑……."

"너는 지금 즉시 방위군 부사령관에게 달려가 전 병력을 관사의 뒤편으로 집결시키라고 전해라. 어서 서두르도록!"

"알겠습니다!"

그렇게 병사가 크게 대답하고 달려가던 방향으로 사라지자 도베르만은 또다시 테우신 백작이 있는 곳을 향해 미친 듯 뛰었다.

"각하! 어서 피하셔야 합니다! 저를 따르십시오!"

"그게 무슨 헛소리냐? 피하라니?"

느긋하게 의자에 몸을 묻고 술을 마시고 있던 테우신 백작은 갑자기 도베르만이 들이닥쳐서 알 수 없는 말을 지껄이자 알 수 없다는 듯 고개를 절레절레 흔들며 되물었다.

"월터가 반기를 들었다고 합니다!"

"뭣이라고! 월, 월터가 반란을 일으켰다는 말인가?"

마른하늘에 날벼락이 떨어진 것과 같은 보고를 듣게 되자 테우신은 자리에서 바로 벌떡 일어났다.

"그렇습니다. 지금 이렇게 지체하고 계실 시간이 없습니다. 어서 저를 따라오십시오!"

"이런 배은망덕한 놈 같으니라고! 저를 이날까지 키워주었더니 감히 나를 배신해? 으드득… 씹어 먹어도 시원치 않을 놈."

도베르만의 뒤를 따라가면서도 테우신은 이를 갈았다.

자신이 수하들에게 잘못한 것은 전혀 생각하지 않는 그다운 태도다.

우당탕 쿵탕!

"어서 테우신 백작을 잡아라!"

"와아아아~!"

바로 그때 관사의 정문이 부서지는 소리와 함께 외침이 들려왔다.

어느새 반란군이 코앞까지 다가온 모양이다.

"이쪽입니다. 지금쯤 성 방위군들이 관사 뒤쪽에 집결하고 있을 것입니다. 그곳까지만 가면 무사하실 수 있습니다. 그러니 힘을 내십시오."

"어서, 어서 가자!"

겁을 잔뜩 먹은 테우신은 도베르만의 말이 떨어지기 무섭게 오히려 자신이 앞장을 서서 뛰기 시작했다.

그 모습을 보고 도베르만은 어처구니가 없었지만 어쨌든 지금은 테우신을 살려야만 했다. 그래야 자신의 앞날도 무사할 수 있기 때문이다.

콰앙~!

"휴우… 살았다."

앞장서서 달려가던 테우신 백작이 관사의 후문을 발로 차다시피 열고는 밖으로 뛰쳐나갔다. 순간, 태양빛이 너무 강렬하게 다가와서 그는 눈을 찡그렸다.

그때 누군가가 그에게 인사를 건네왔다.

"무사하셨군요, 각하!"

"누구냐?"

"방위군 부사령관 베커입니다!"

"오, 베커 부사령관, 방위군은 모두 무사한가?"

상대방이 신분을 밝히자 그때서야 밝은 빛에 적응된 테우신이 그의 모습을 확인하며 크게 반색했다. 그리고 동시에 도베르만도 합류했다.

"거의 다 집결하기는 했습니다만 여기서 싸우면 불리할 것 같습니다. 차라리 동문 쪽으로 적들을 유인해서 함정에 빠뜨리는 것이 나을 것입니다. 적들이 거기까지 쫓아오면 동문 위쪽에서 폭탄 세례를 퍼붓는 것이지요."

"하지만 폭탄은 무기고 안에 있지 않느냐? 무기고에 가려면 반란군이 득실대는 곳을 통과해야 할 텐데… 그건 지금으로써는 불가능한 일이다."

부사령관 베커의 제안에 도베르만이 문제점을 지적했다.

이 무렵 부유한 영지는 이처럼 폭탄을 보유하고 있었다. 가격이 워낙 비싸고 구하기가 쉽지 않아 수가 많은 편은 아니지만 단 한 개만으로도 폭탄의 위력은 엄청나다고 할 수 있었다.

물론 쓸 수 있을 때의 이야기지만…

"어제 해럴드 총사령관님이 무기고에 있던 폭탄을 꺼내서 운반 준비를 해놓으라는 명령을 했었습니다. 그때 총 여덟 개의 폭탄을 수레에 실어놓았었지요. 그 수레가 지금 동문 옆에 있습니다. 그러니 어서 서둘러 동문으로 가야 합니다."

"오, 하늘이 우리를 버리지 않으셨구나. 이봐, 사령관. 서두르게."

이미 성 이곳저곳에서 적군의 함성이 들려오고 있었다.

그중 발 빠른 자들은 벌써 관사의 후문 쪽으로 다가오는 중이다. 그 점을 눈치챈 테우신이 도베르만을 재촉했다.

그러나 도베르만은 용감하게도 백작 부인까지 챙기겠다고 나섰다.

"부사령관을 따라서 먼저 가십시오, 각하! 저는 백작 부인을 모시고 곧장 뒤따라가겠습니다."

"과연 자네는 충신이야. 그럼 그녀를 부탁하겠네. 어서 가자."

도베르만을 보며 테우신이 감탄한 듯 말을 하더니 뒤도 보지 않고 곧장 동문 쪽으로 이동하기 시작했다.

부인이 어떻게 되든 자신부터 살고 보자는 심보다. 게다가 일단 거기까지만 가면 전세를 뒤집을 수도 있다는 희망이 그를 더욱 서두르게 만들었다.

"헉헉… 아, 아직 먼 것이냐? 후아… 후아…….''

"이제 모퉁이만 돌면 동문입니다. 그러니 조금만 더 힘을 내십시오."

원래 테우신은 성안에서도 걷는 법이 없었다. 그는 관사 안에서 움직일 때도 가마를 이용할 정도다. 그런 생활이 그의 배를 나오게 만들었고 이처럼 조금만 뛰어도 헐떡거리는 저질 체력을 갖게 만든 것이다.

하지만 그래도 그는 포기하지 않았다. 베커의 말대로 모퉁이만 돌면 이 힘든 도주도 끝이라는 생각 때문이다.

그런데…

"얍삽한 사람이라면 분명 이곳으로 올 것이라고 생각했습니다. 다행히 제 예상대로군요, 숙부님."

"헉! 네, 네가 어떻게 이곳에……."

막상 모퉁이를 돌아보니 그곳에는 테우신과 성 방위군을 맞이해 주는 사람들이 있었다.

원래의 각본에는 전혀 없던 불청객이다.

특히 인사를 건네오는 사람을 발견하는 순간 테우신의 눈은 찢어질 듯 부릅떠지고 말았다.

2

멀린이 마법을 이용해 새롭게 편입된 투항군들을 이동시키고, 또 월터를 내세워 성안으로 간단하게 들어가게 한 작전은 모두 숀의 머리에서 나왔다.

그런 그가 테우신의 움직임을 예상하지 못할 리가 없었다.

사실 알고 보면 애초부터 월터 등으로 하여금 테우신을

동문 쪽으로 몰아가게끔 했다는 것이 진실이었다.

그랬기에 숀은 월터군이 성안으로 들어가는 것을 기다리고 있다가 그가 성공하자마자 곧바로 무시무시한 병사들과 함께 동문을 뚫고 들어와서 이처럼 느긋하게 테우신을 기다리고 있었던 것이다.

크롤 백작을 앞세워서 말이다.

"오랜만에 뵙는군요, 숙부님."

"크음! 이 배은망덕한 놈… 아직도 네놈 눈에 내가 숙부로 보이기는 하는 게냐?"

크롤 백작은 테우신이 보이는 순간 이가 갈렸지만 일단 감정을 억누르며 인사부터 했다.

지금은 자신 혼자가 아닌 데다가 주군까지 함께 있는 상황이었기 때문이다.

그런데 방귀 뀐 놈이 성을 낸다고 도리어 테우신이 먼저 선수를 쳤다.

어처구니없는 일이었다.

"아, 제가 숙부로 여기는 것이 마음에 안 든다 이건가요? 그거 정말 반가운 이야기로군요. 그럼 이제부터 이렇게 부르지요. 내 아버지를 죽이고 자신의 조카까지 죽이려고 했던 개자식이라고!"

"뭐, 뭐, 뭣이! 이놈이!"

마침내 억누르고 있었던 크롤의 감정이 폭발했다.

한때는 아버지의 동생이라 여기고 그래도 미워하지 않았던 사람이다. 그러나 알고 보니 그가 바로 아버지를 죽인 원수였으며 그것도 모자라 자신까지 죽이려고 했다.

그런 자를 눈앞에 대하게 되었으니 흥분하지 않으면 그게 더 이상할 터였다. 그런 데도 테우신 백작이 뉘우치기는 커녕 끝까지 뻔뻔스럽게 나오자 순간 그의 오른손이 검 자루를 쥐었다.

여차하면 베어버릴 심산이다.

그러나 그 긴박한 순간에 손이 나서서 그를 말렸다.

"크롤 백작, 뒤로 잠시 물러나 있으시오."

"주, 주군……."

다른 사람이 그랬다면 오히려 화를 냈겠지만 이제 손은 크롤에게 목숨보다 소중한 주군이 아니던가.

"그 심정은 충분히 짐작되오만 굳이 당신의 손에 저렇게 더러운 자의 피를 묻힐 필요는 없을 것 같소. 그랬다가는 훗날 괜히 쓸데없는 오명만 뒤집어쓸 수 있으니 말이오. 나는 당신에게 그런 오명을 씌우고 싶지 않소. 그러니 대신 내가 처리하게 해주시오."

"크흐흑… 알, 알겠습니다, 주군. 그 뜻에 따르겠습니다."

아무리 테우신이 천인공노할 짓을 저지른 원수라지만 어쨌든 그와 크롤 백작은 숙부와 친조카 관계다. 만에 하나 크롤 백작이 테우신을 죽일 경우 당장은 그를 칭찬할 수 있을지 몰라도 결국은 삼촌을 죽인 조카로 역사에 남을 것이 분명했다.

숀은 속 깊게도 그의 그런 부분까지도 헤아려 일부러 자신이 나섰던 것이다. 그리고 크롤도 분노로 인해 부들부들 떨리는 손을 간신히 가라앉히며 결국 그의 뜻에 따랐다.

그의 마음을 느낀 탓이다.

"테우신 백작, 당신은 친형을 죽인 파렴치한 짓을 저지른 것으로도 모자라 친조카까지 노려 그의 재산과 영지를 가로채려 했다. 그 죄는 죽어 마땅하다. 거기에 대해 할 말이 있는가?"

"너는 또 누군데 주둥이를 함부로 놀리느냐? 여봐라! 무엇들을 하는 게냐! 어서 이 악적들을 죽여라!"

테우신이 벌게진 얼굴로 죽이라고 악을 쓰자 기회만 엿보고 있던 베커 부사령관이 대뜸 공격 명령을 선포했다.

"모두 쳐라!"

"와아아아~!"

그러자 검을 쥔 채 잔뜩 벼르고 있던 방위군 기사들과 병사들이 일제히 앞으로 뛰쳐나갔다. 어차피 싸울 수 있는 공

간이 협소하기 때문에 이럴 때는 선공이 훨씬 유리하다고
판단한 것이다.

그러나 그것도 서로 실력이 비등할 때 이야기였다.

"죽어라!"

"지랄……."

푹!

"크억!"

같은 병사처럼 보이지만 불행하게도 숀의 병사들은 절대
동급 실력의 병사가 아니었다.

그들은 이미 기사 이상이었으며 최근 반복되는 전투 경
험으로 인해 노련미까지 보이기 시작한 괴물 병사들이었던
것이다.

때문에 양쪽 부대가 맞부딪치자 결과는 너무나 허무할
만큼 일방적인 양상을 보였다.

"크악!"

"켁!"

"도주하는 자들도 모두 잡아라!"

"네!"

챙~! 창창!

그나마 숀의 병사들과 몇 번이라도 검을 부딪치고 있는
자들은 모두 기사였다.

하지만 방위군 내의 기사를 모두 합친다고 해 봤자 고작 서른 명에 불과했다. 그리고 이미 기사들에게는 괴물 병사가 기본적으로 둘 이상이 붙어 있는 상태라 그들 역시 오래 버틸 수 없었다.

챙그랑~!

"항, 항복하겠습니다!"

"저도 항복합니다!"

"저도요."

싸움이 벌어진 지 불과 십여 분 만에 멀쩡하게 서 있는 테우신 영지군은 단 한 명도 없었다. 그렇다고 도망을 칠 수도 없었다. 이미 동문은 물론이고 성안 전체를 숀의 연합군이 완벽하게 점령한 상태였기 때문이다.

그것을 깨닫는 순간 그들은 모두 항복을 선택하고는 그대로 무릎을 꿇고 말았다. 그러는 데는 악독하기 짝이 없던 테우신 백작을 위해 목숨까지 바칠 이유가 전혀 없다는 것도 크게 한몫했다.

만일 충성을 바친답시고 끝까지 항전을 하게 되면 성안이 피바다로 변할 수도 있었다. 그랬다면 아무리 숀이라고 해도 썩 기분이 유쾌하지 않았을지도 모른다.

이런 식으로 정리되는 것이 다행이라는 뜻이다.

"살, 살려줘라. 으으……."

"그따위 말은 주군 앞에나 가서 해라."

방위군들이 싸우는 동안 몰래 뒤로 도망치려고 했던 테우신 백작도 병사 하인리에게 붙잡혔다. 그에게는 큰 공을 세울 기회였다.

그는 붙잡은 테우신 백작을 거칠게 끌고 곧장 숀의 앞에 가서 한쪽 무릎을 꿇으며 보고했다.

"병사 하인리! 도주하려던 적의 괴수를 잡아왔습니다!"

"수고했다. 그를 꿇게 하라!"

"알겠습니다! 주군의 말씀 못 들었나? 어서 꿇어라!"

퍼억!

"크윽!"

털썩…

결국 다시 테우신 백작을 눈앞에 두게 된 숀은 그에게는 별 관심도 없다는 듯 잠시 전장의 상황만 살펴보았다. 철저하게 무시를 하는 것이다.

그런데 그렇게 동문 쪽의 정리가 끝나갈 즈음 갑자기 폭스단원 한 명이 달려와 숀에게 보고를 했다.

"사령관님! 서문 쪽으로 도주 중이던 수상한 사람들을 잡았습니다."

"수상한 사람?"

"네! 남녀 두 사람인데 차림새가 범상치 않다고 크림겔

단주가 사령관님께 어떻게 처리해야 할지 여쭤보라고 합니다."

"일단 이쪽으로 끌고 와라."

"네!"

손의 대답을 듣고 병사가 돌아가고 나자 잠시 후 포로 두 명을 포박해서 앞세운 채 폭스단주 크림겔이 등장했다.

"충성! 명령하신 대로 완벽하게 성을 모두 점령했습니다!"

크림겔은 자랑스럽다는 얼굴로 우선 지금의 상황부터 보고했다.

"수고했소. 그런데 그자들은 누구요?"

손이 빙그레 웃으며 그의 노고를 치하한 다음 그의 앞에 무릎을 꿇고 있는 포로 두 명에 대해 물어보았다.

"부, 부인! 그리고 도베르만! 너, 너희들……."

퍽!

"켁!"

"조용히 해라!"

가만 보니 포로는 방위군 사령관 도베르만과 테우신의 부인이었다.

그런데 놀랍게도 두 사람은 그렇게 형편없이 잡혀 있는 상황에서도 서로 손을 꼭 잡고 있었다.

그 모습을 보고 테우신이 발작했다가 또다시 병사 하인리의 검집으로 등짝을 한 대 얻어맞았다.

"흐음… 누구인지 대충 알겠군. 하긴 지아비라는 자가 인면수심을 하고 있으니 부인의 마음이라고 머물고 있을 리가 없겠지. 하지만 그렇다고 용서할 수 있는 일은 아니로군. 여봐라."

"네! 사령관님!"

"그 두 사람을 지금 즉시 하옥하고 테우신 백작은 참수형에 처하라!"

그동안 무척 너그러웠던 손이었다.

그러나 이 대목에서만큼은 냉정했다. 특히 테우신 백작의 처분에 대해서는 더 그랬다.

원래대로라면 기본 절차라도 밟아야 했지만 그는 그러지 않았다. 시간을 끌면 끌수록 괴로워할 크롤 배작에 대한 배려 때문이다.

어쨌든 피는 물보다 진하지 않은가.

"네! 알겠습니다!"

"살, 살려주시오! 다시는 안 그럴 테니 제발 목숨만은 살려달라는 말이오!"

"입 다물고 어서 따라와라!"

"제발~! 이보게, 조카! 날 좀… 날 좀 살려주시게! 그래도 내가 숙부 아닌가!"

형장으로 끌려가며 테우신이 살려달라고 처절하게 울부짖었다.

그러자 크롤 백작이 결국 고개를 돌려 그를 외면했다. 막상 죽인다고 생각하니 마음이 편치 않았던 모양이다.

"휴우… 하긴 악인을 처리할 때는 조금의 시간도 주지 않는 게 오히려 자비라지?"

그 모습을 지켜보던 슌이 갑자기 중얼거리더니 고개를 돌리고 있는 크롤 백작의 허리에서 검을 뽑아냈다.

스르릉~

"차핫!"

그러고는 그것을 허공으로 냅다 날렸다.

쌔에에엑~ 뎅강~!

툭… 데구르르르…

순간 테우신 백작의 목이 순식간에 잘려 나가더니 바닥을 굴렀다.

Chapter 08

포상

건들면 죽는다

1

점령을 끝낸 테우신 성을 돌아보던 손은 크게 놀랐다.

확실히 이곳은 그동안 그가 가본 성과는 차원부터가 달랐다.

중앙에 있는 관사 건물의 웅장함도 대단했지만 그 주위에 서 있는 세 개의 첨탑들도 멋지고 장엄했다. 각기 종교시설의 건물과 기사들의 숙소, 그리고 마법사들의 연구소 등으로 쓰이고 있는 그 탑들은 내부가 매우 고풍스러우면서도 깔끔했다.

"정말 대단하군요. 어째서 중앙의 영지와 지방 영지가 차별되는지 이제야 알 것 같은 기분이 듭니다. 같은 백작의 성인 데도 이렇게 차이가 크니 말입니다."

숀은 측근들과 함께 그 탑들을 돌아보다가 자신도 모르게 감탄을 했다.

그러자 렌탈이 그의 말에 동조를 하면서도 은근히 자신의 성에 대한 자부심을 내비쳤다.

"저 역시 같은 생각입니다. 여기에 비하면 렌탈 성은 성이라고 부르기조차 부끄러울 정도네요. 하지만 그래도 저희 성이 더 좋기는 합니다만······."

"그건 제 생각도 그렇습니다. 규모는 작고 보잘것없어도 그곳에는 따듯한 정과 맑은 공기가 있으니까요."

"알아주셔서 감사합니다, 주군."

이건 괜히 하는 말이 아니었다. 실제로 숀은 이곳처럼 화려한 성보다는 렌탈 성이 마음에 들었다.

워낙 어릴 때부터 산과 들을 뛰어다니며 성장해서 그런지 그곳이 훨씬 고향 같은 느낌이다.

"이보게, 멀린."

"네! 주군."

"여기는 자네가 가장 좋아할 만한 장소겠어. 마법 연구소

라니… 참, 이 건물에 대해서는 누구보다 칼베르토 마법사님이 가장 잘 알겠군요."

세 개의 첨탑 가운데 마지막으로 들린 곳은 바로 마탑이었다. 숀은 그 안으로 들어가기 직전 멀린을 찾더니 문득 칼베르토를 거론했다.

그가 이곳 출신임이 떠오른 탓이다.

"그렇습니다, 주군. 이곳은 제가 지금까지 마법 실력을 높이기 위해 늘 머물렀던 곳이니까요. 테우신 백작이 인간성은 별로입니다만 인재들에게 투자는 많이 했던 편입니다. 이 연구소도 그중 하나라고 할 수 있지요."

"흐음… 그가 아무리 악인이라고 해도 한 가지 장점쯤은 있었겠지요. 어서 들어가 봅시다."

이미 테우신 성 안에 있던 마법사들도 모두 잡힌 상황인지라 마탑 안에는 아무도 없었다.

그러나 멀린은 그 안에서 무엇을 발견했는지 갑자기 앞으로 나서서는 천장 쪽을 올려다보았다.

"주군도 느껴지시죠? 저 위쪽에서 엄청난 마나의 기운이 흘러나오고 있는 것 말입니다."

멀린의 말에 숀이 고개를 갸웃거리며 한마디 툭 던졌다.

"사람의 몸에서 나오는 마나가 아니라 마나석 종류인 것 같은데?"

"헉! 주군께서 그것을 어떻게 아셨습니까? 마나석이 맞습니다. 이곳의 가장 위층에는 마법 통신 장치가 설치되어 있거든요. 그것을 유지하기 위해 최상급의 마나석을 두 개나 끼워놓았습니다. 하지만 마나의 성질이 워낙 비슷해서 사람의 것인지 마나석인지 구별이 거의 불가능합니다."

이번에는 칼베르토가 몹시 놀란 표정으로 이런 부연 설명을 장황하게 늘어놓았다.

그런데 가만 보니 이 마탑은 가운데가 휑하니 뚫려 있기는 해도 마치 나사 모양처럼 위로 올라갈 수 있게 되어 있는 건물 구조를 가지고 있었다. 각 층마다 사용할 수 있는 방도 있고 말이다.

"그냥 해본 말인데 우연히 맞은 모양이군요. 들어오기 전부터 지금 이 마탑 안에는 아무도 없다고 들었으니 그리 어려운 문제는 아니었습니다. 하하."

"아무리 그렇다고 해도 주군께서는 정말 놀라운 점이 하나둘이 아닌 것 같습니다. 보통 기사들은 마탑 안에 들어와도 절대 마나석에서 흘러나오는 마나의 기운을 감지하지 못합니다. 저처럼 5서클에 오른 마법사라고 해도 최소 5분 이상은 정신을 집중해서 주변을 살펴봐야 겨우 알아낼 수 있을 정도이지요. 물론 멀린 마법사처럼 6서클에 도달하신 분은 방금 전처럼 바로 알아낼 수도 있지만요. 주군께서는 그런 멀린 마법사와 거의 동시에 마나를 감지하셨습니다. 그게 어떻게 가능할 수 있는지 선뜻 이해가 가지 않습니다."

얼핏 보면 별것 아닌 것 같았지만 숀이 마탑 안에 있는 마나석의 존재를 금방 알아낸 것은 그리 간단한 일이 아니었던 모양이다.

특히 마법사인 칼베르토의 충격이 꽤 큰 것 같았다.

"칼베르토 마법사."

"네, 병단주님."

"내가 언젠가도 말했지만 우리 주군을 보통 사람의 범주에 놓고 판단하지 말게. 그렇게 판단하다가는 제명대로 살기 힘들걸세. 알겠는가?"

"알, 알겠습니다. 죄송합니다."

원래는 이쯤에서 숀이 나서서 설명을 하는 것이 순서였지만 그런 것을 싫어하는 그의 성품을 잘 알고 있는 멀린이 나섰다. 그보다 숀의 성향을 잘 아는 사람도 없을 터였다.

어쨌든 그 덕분에 칼베르토는 더 이상의 질문을 삼가게 되었다.

"주군, 이제 계단으로 오르시지요. 이곳의 통신 장비가 쓸 만한지 확인해 보는 것이 좋을 것 같습니다."

"그거 좋은 생각이로군. 통신이 원활해지면 여러 가지로 유리한 점이 많아질 테니까."

뚜벅뚜벅…

그렇게 일행들은 마탑의 꼭대기 층까지 올라가기 시작했다.

그곳은 5층에 위치하고 있었다.

언젠가 멀린이 말한 대로 마법사가 머무는 마탑의 높이는 최고 마법사의 서클을 넘지 못한다는 원칙에 입각해 지은 건물이 분명했다.

멀린이 이곳에 오기 전까지는 5서클 마법사인 칼베르토가 최고였으니 말이다.

대신 각 층의 높이가 상당해서 전체 탑의 높이는 일반 5층 건물의 두 배는 족히 되는 것 같았다.

"오! 과연 돈을 많이 들인 것이 확실해 보이는 통신 장비로군요. 훌륭합니다."

5층에 도착하자 중앙에 커다란 수정 하나가 놓여 있는 것이 눈에 들어왔다.

그것은 대리석으로 만들어진 테이블 위에 있었는데, 그곳에서 흘러나온 투명한 선 수십 가닥이 벽 쪽으로 이어져 있었다.

그 선들마저 푸른빛을 내고 있어서 묘한 신비감까지 들었다. 그것 때문인지, 아니면 통신기기의 우수함을 단번에 파악해서 그런 것인지 멀린이 떨리는 목소리로 말했다.

그러나 숀은 특유의 여유로운 모습을 흩뜨리지 않은 채
고개를 갸웃거리기만 했다.

"이게 그렇게 좋은 것인가?"

"물론입니다. 이제 앞으로 이곳에 마법사 한 명만 있으면
저 선의 숫자만큼 이동용 마법 통신 기기를 이용할 수 있을
것입니다. 생각해 보십시오. 전쟁을 치를 때 다른 부대와
간단하게 통신을 할 수 있다면 얼마나 유리할지를요."

"자네의 말대로 정말 이동용 마법 통신 기기를 쓸 수 있
다면 전쟁에서 승리하기가 훨씬 쉬워질 수 있겠지. 그런데
겉으로만 보고도 과연 그게 가능할지 장담할 수 있는가?"

돈이 많은 영주라고 해도 이동용 마법 통신 장비를 이용
할 수는 없었다.

만약 그랬다면 이번 전쟁 중에도 숀의 연합군에게 많은
귀찮은 일이 벌어졌을 것이다.

월터군이 당할 때나 짐머만 영지군이 당했을 때 바로 알
릴 수 있었을 테니 말이다.

그런데 테우신 영지군들에게는 이동용 마법 통신 장비가
없었다.

그 장비를 누구나 쉽게 사용하려면 지금 이곳에 있는 비
싼 통신 장비 외에 6서클 이상의 마법사가 각 통신 장비마

다 마법의 힘을 불어넣어야 하기 때문이다.

물론 4서클 이상의 마법사가 동행을 한다면 가까운 거리에서 짧은 내용 정도는 주고받을 수 있는 기기를 쓸 수 있다. 그것도 아주 제한적인 시간 안에 말이다.

그러나 그나마 일반 영지에는 그런 마법사조차 몇 명 없는 실정 아니던가.

이런저런 연유로 이동용 마법 통신 장비를 제대로 활용할 수 있는 곳은 국왕의 부대를 제외하고는 거의 없다고 해도 무방할 정도였다.

"조금 전 칼베르토 마법사의 말처럼 이 기기 안에는 최상급 마나석이 두 개나 들어 있습니다. 그건 고위급 마법사가 없어도 기기가 원활하게 돌아갈 수 있다는 것을 의미하지요. 거기에 저의 능력이 합쳐지면 충분합니다. 저에게 한 달만 시간을 주시오. 그럼 최고의 마법 통신 장비 스무 개를 만들어 드리겠습니다."

"그거 참 고마운 이야기로군. 우리는 앞으로 더 큰 싸움을 해야 할 테니 큰 도움이 될 수 있을 게야. 좋아, 그때까지 자네를 믿어보지. 대신 필요한 것이 있으면 뭐든 말만 하게."

"알겠습니다."

멀린의 대답을 들으며 숀은 속으로 흐뭇했다.

시간이 흐를수록 자신이 괴물 같은 능력을 발휘하지 않아도 복수를 할 수 있다는 생각이 들었기 때문이다.

그래서인지 그는 다시 한 번 자신의 옆에 기라성처럼 서 있는 인물들을 바라보며 환한 미소를 지었다.

2

테우신 성을 점령한 숀은 이후 삼 일 내내 포로들을 정리하고 성안의 영지민들을 안정시키는 데 주력했다.

다행인 것은 평소 테우신이 워낙 공포정치를 펼쳤기 때문에 영지민들이 오히려 숀과 크롤 백작을 환영하는 분위기였다는 점이다.

그런 상황에서 앞으로 일 년 동안 모든 세금을 30퍼센트나 감면해 준다는 공고가 붙자 그들은 더욱 열렬하게 환호했다.

역사상 바뀐 군주가 세금을 이렇게 많이 내린 예는 없었다.

"영지민들이 거리로 몰려나와 주군의 은덕을 칭송하고 있습니다."

"내가 아니라 크롤 백작이겠지요."

아직 숀에게는 상대해야 할 적이 많았다.

게다가 그들은 이 왕국을 주무르고 있는 왕자들 아닌가. 그들 때문에 그는 아직 정식으로 자신의 정체를 밝힐 수가 없었다. 그래서 어쩔 수 없이 대외적으로 이번 전쟁의 주역도 크롤 백작으로 할 수밖에 없었다.

약간은 흥분한 것 같은 렌탈의 말에 숀은 그 점을 상기시켰다.

"그, 그건 주군의 뜻 때문에 어쩔 수 없이 모든 공고를 크롤 백작의 이름으로 해서 어쩔 수 없습니다. 하지만 알고 보면 모두 주군께서 지시하신 일 아닙니까?"

"하하! 누가 하든 뭐가 중요하겠습니까? 그동안 고통 받던 영지민들이 삶의 희망을 찾았으면 된 것이지요."

모든 일은 숀이 지시했던 일이다. 하긴 그게 아니더라도 겨우 이런 일을 가지고 신경 쓸 그는 아니었다.

그런 데도 렌탈은 숀이 떳떳하게 나서지 못하는 것이 마치 자신의 잘못인 것처럼 느껴졌다.

"휴우… 어서 주군께서 제 모습을 찾으셔야 할 텐데… 저희가 부족해서 아직까지도 정체를 감추셔야 한다는 현실이 안타깝기만 합니다."

"모든 일에는 때가 있는 법입니다. 그러니 신경 쓰지 마세요. 참, 이제 나가 봐야 하는 것 아닙니까?"

대화를 나누다가 갑자기 숀이 뜬금없는 질문을 던졌다.

그러자 렌탈도 화들짝 놀라며 어쩔 줄 몰라 하더니 얼른 손을 밖으로 안내했다.

사람들을 대기시켜 놓았던 모양이다.

"아 참, 아이고, 이거 죄송합니다. 저도 이제 늙었나 봅니다. 병사들이 벌써 다 모였을 텐데 엉뚱한 소리만 늘어놓고 있으니 말입니다. 어서 나가시지요."

그렇게 두 사람은 한때 테우신 백작의 집무실이었던 곳을 나서서 연병장 쪽으로 향했다.

그곳에는 이미 무려 만여 명 가까운 병사들이 운집해 있었다.

그들은 손이 나오는 모습을 발견하자 크게 함성을 질렀다.

"와아아아~!"

"총사령관님께서 나오시니 모두 조용히 하시오!"

미리 나와 있던 크롤 백작이 큰 목소리로 외쳤고 곧 장내는 잠잠해졌다.

"……."

그러는 사이 마침내 손이 앞에 마련되어 있는 단상 위로 올라갔다.

"모두 차렷!"

척!

"총사령관님을 향해 받들어~ 검!"

촤르르~ 척!

만여 명이나 되는 병사가 일제히 검을 치켜들었다가 예의를 갖추는 모습은 일대 장관이었다.

숀은 좌측부터 우측으로 천천히 그런 병사들과 눈을 맞추었다.

"쉬어."

"쉬어!"

척척!

모든 병사가 열중쉬어 자세를 취하자 숀이 단상 위에서 천천히 입을 열었다.

"여러분들의 노력으로 우리는 마침내 테우신 영지를 점령했다. 모두 고생 많았다."

이렇게 시작한 숀의 연설은 잠시 동안 이어졌다.

다른 때보다는 조금 긴 연설이었지만 그 누구도 지루하다고 생각하지 않았다.

그의 목소리가 마치 자신의 바로 옆에서 이야기하는 것처럼 들리는 데다가 그 내용이 워낙 중대했기 때문이다.

"그래서 나는 오늘 이번 전쟁에서 큰 공을 세운 여러분들에게 포상을 내리고자 한다."

"와아아아~!"

포상을 한다는 말에 병사들이 크게 환호성을 질렀다.

전쟁은 힘들었지만 승리했기에 받을 수 있는 정당한 대가 아니겠는가.

"포상에 앞서 이번에 특별히 진급하게 되는 사람부터 부르겠다. 호명하면 앞으로 나오도록! 가장 먼저 기사 월터!"

"네!"

"폭스단주 크림겔!"

"네!"

숀이 두 사람을 부르자 둘 다 재빠르게 단상 앞으로 달려 나왔다.

그러자 숀이 위로 올라오도록 그들에게 손짓했다.

"두 사람은 비록 적으로 만났지만 뛰어난 판단력과 결단력으로 우리 사람이 되었으며 성을 점령할 때까지 최선을 다한 공을 인정하노라. 우선 기사 월터를 이곳 성의 방위 사령관으로 임명하겠다."

"월터 대장님 만세!"

"월터 방위 사령관님 만세!"

월터가 방위 사령관에 임명되자 그의 부대원으로 활약했던 이천여 명의 병사가 가장 먼저 크게 환호했다.

그러자 그 뒤를 이어 모든 병사들이 축하의 뜻으로 만세를 외쳤다.

"그리고 폭스단주 크림겔을 제2 기사대장으로 임명하겠다. 또한 모든 폭스단원들은 오늘부터 정식으로 영지군에 편입될 것이며 매달 2골드의 급료를 지급한다."

"와아아아~! 크림겔 기사대장님 만세!"

"폭스단 만세!"

다시 한 번 사방에서 만세 소리가 울려 퍼졌다.

그중 폭스단원들 중에는 엉엉 우는 자도 있었다.

한 달에 2골드의 급료는 절대 적은 액수가 아니었다. 게다가 이제는 그 누구의 눈치도 볼 필요 없는 영지군이 되지 않았던가.

그것은 앞으로 가족들에게 떳떳한 남편, 떳떳한 아빠가 될 수 있다는 것을 뜻했다. 그리고 용병단에 있을 때처럼 한꺼번에 목돈을 받는 것은 아니었지만 훨씬 더 안정된 생활을 할 수 있게 되었던 것이다.

"다음은 병사 하인리, 병사 크누센."

"네!"

"네!"

"병사 파비앙."

"네!"

숀이 또다시 호명을 시작하자 한 사람씩 앞으로 달려 나왔다.

그들은 모두 지금까지 병사로 복무했던 사람들이다.

"그리고 연합군 병사였던 사람들은 모두 앞으로 나오도록!"

"네!"

우르르르…

파비앙까지 부른 후 솬이 병사들을 단체로 불러내자 연병장이 떠내려갈 만큼 큰 대답이 들려왔다. 그리고 동시에 일천팔백 명이나 되는 병사가 절도 있는 발걸음으로 뛰었다.

결국 처음 호명했던 세 사람은 단상 위로 올라갔고 나머지 병사들은 그 바로 앞에 오와 열을 맞춰 길게 늘어섰다.

"병사 하인리는 누구보다 용감하게 전투에 임하며 수많은 공을 세운 것을 인정해 오늘부로 정식 기사임을 선포함과 동시에 새롭게 창설될 기사단의 기사 부단장에 임명한다."

"하인리 기사 부단장님 만세~!"

하인리가 천인대장에 임명되자 병사들의 만세 소리가 더욱 크게 들려왔다.

일개 병사에서 천인대장까지 오른 그의 행보가 다른 병사들에게 큰 자극을 주었던 것이다.

"병사 크누센 역시 정식 기사로 선포함은 물론 기사 부단장에 임명한다."

"크누센 기사 부단장님 만세!"

그렇게 크누센까지 천인대장에 임명한 숀의 시선이 파비앙에게로 향했다.

오늘도 파비앙은 평범한 레더 아머 차림이었지만 세상의 그 어떤 여자보다도 아름다워 보였다. 숀은 속으로 그런 생각을 하며 다시 입을 열었다.

"병사 파비앙은 그 누구보다 앞장서서 용감하게 전투에 임했을 뿐 아니라 테우신 영지군을 항복시키는 데 큰 공을 세웠다. 이에 그녀를 정식 기사로 선포함은 물론 기사 하인리와 기사 크누센을 부단장으로 하는 새로운 기사단의 단장으로 임명하겠다."

"파비앙 기사단장님 만세~!"

이날 그녀의 나이는 정확히 16세하고도 4개월이었다.

대륙 역사를 통틀어 여자가 삼천인대장까지 오른 것은 그녀가 최초였다. 뿐만 아니라 그녀는 최연소 기록도 세웠다.

하지만 그 누구도 그녀의 그런 초고속 승진에 대해 불만을 품지 않았다. 그동안 그녀가 보여준 실력과 기지가 그 이상이었기 때문이다. 그리고 이즈음 이미 그녀에 대한 명성은 왕국 전체로 퍼져 나가고 있었다.

병사들도 그것을 알고 있었기에 다른 사람보다 더 많은 만세를 불러댔다.

각기 다른 그녀의 별명으로 말이다.

"철의 여전사 만세!"

"무적의 꽃 만세!"

이 외에도 그녀를 가리키는 수식어는 엄청 많았지만 숀이 오른손을 들어 올렸다가 내리는 바람에 만세는 여기서 끝을 맺었다.

"마지막으로 연합군 병사 일천팔백 명 모두를 정식 기사로 선포하겠다. 그리고 앞으로 그들은 '불멸의 기사단'으로 불리게 될 것이다. 그리고 이 기사단의 단주는 바로 기사 파비앙이다!"

"와아아아아~! 불멸의 기사단 만세!"

"기사단장님도 만세!"

"총사령관님 만세~!"

연병장에는 어느새 축제의 장이 펼쳐지고 있었다.

아직 세상 사람들은 모르고 있었지만 이날이야말로 칼론 왕국의 역사가 새롭게 쓰이게 되는 진정한 첫째 날이라고 할 수 있었다. 그리고 대륙에서 가장 유명한 불멸의 기사단이 탄생한 날이기도 했다.

단 한 번의 패배도 기록하지 않게 되는 전설의 무적 기사단 말이다.

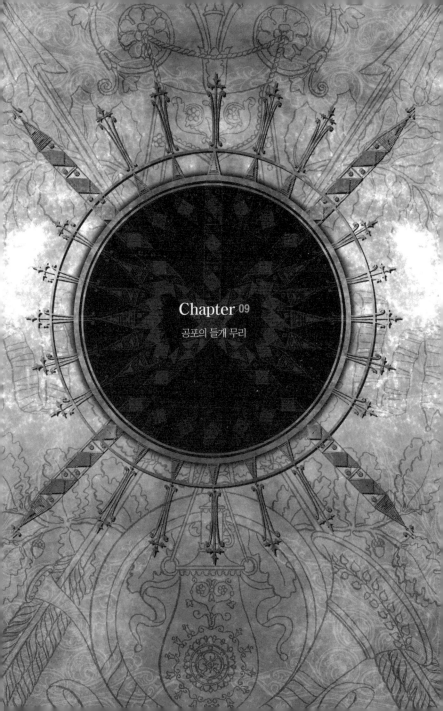

Chapter 09

공포의 들개 무리

건들면죽는다

1

전투를 치를 때는 그다지 주목을 받지 못했지만 성을 점령한 이후에는 가장 바쁘면서도 크게 주목 받는 사람들이 있다.

그들은 바로 연합군의 전투 장비와 식량, 그리고 군수 물자를 담당하고 있는 밤 그림자들이다.

태우신 영지민들이 손의 연합군에 대해 쉽게 친근감을 갖게 하고, 또 그들의 애로점이 무엇인지 파악해서 세금을

낮추게 하는 일에도 밤 그림자의 역할은 절대적이었다.

"나는 늘 당신에게 큰 고마움을 느끼고 있소. 어찌 보면 크게 찬사를 받기 힘든 일이라 소외감 같은 것도 느꼈을 것이오. 그런 데도 이처럼 철저하게 일을 처리해 주어서 뭐라고 감사의 말을 해야 할지 모를 정도요."

"어차피 이곳에도 우리 식구들이 많이 있었는걸요. 그들 덕분에 일처리 하기가 훨씬 쉬웠어요. 그러니 그렇게 부담감 가지실 필요 없어요. 어차피 알고 보면 저희 스스로를 위해서 하는 일이기도 하잖아요."

원래 성향이 그래서 그런지, 아니면 그녀가 이끌고 있는 단체의 이름 때문인지 소피아는 늘 늦은 시간에 숀을 찾아오곤 했다.

오늘 그녀는 영지민들의 안정을 위한 몇 가지 제안을 가지고 숀을 방문한 참이다.

거기까지는 좋았지만 문제는 오늘도 역시 방문 시간이 너무 늦었다는 점이었다.

벌써 밤 11시가 넘었으니 말이다.

'휴우… 이 여자가 대체 나를 남자 취급을 하지 않는 건가? 뭘 믿고 이 밤중에 자꾸 오는 거냐고. 그것도 저렇게 착 달라붙는 옷을 입고 말이야. 날 말려 죽일 심산은 아닐 텐데 말이야.'

날이 갈수록 폭발적인 매력을 뿜어내고 있는 파비앙과 유일하게 비견될 수 있는 여자가 바로 소피아다. 모르긴 몰라도 이 두 여자가 대륙 최고의 미인임은 틀림없을 것 같았다.

손은 평소에도 늘 그렇게 생각했다.

쉽게 말해서 사내라면 그 누구라도 파비앙이든 소피아든 만나기만 하면 홀랑 넘어갈 수 있다는 뜻이다.

그건 손도 마찬가지였다. 특히 소피아는 아직 파비앙에게 약간 부족한 절대적인 성숙미까지 가지고 있었다. 그냥 가만히 있어도 무슨 짓을 저지르고 싶게 만드는 그런 뇌쇄적인 아름다움 말이다.

그런 여자가 밤에 홀로 와서 말을 걸고 있는 것이니 얼마나 이성을 유지하기가 힘들겠는가.

아무리 손이라고 해도 그건 마찬가지였다.

"아무리 그렇다고 해도 우리에게 큰 도움이 되고 있는 것은 사실이잖소. 앞으로 일을 하면서 애로 사항이 있거나, 또 필요한 것이 있으면 언제든지 이야기하시오. 특별한 경우만 아니면 모두 들어드릴 테니……."

"말씀만으로도 감사해요, 주군."

소피아는 손을 깊이 사랑하고 있었다.

설혹 그게 짝사랑으로 끝난다고 해도 그녀는 손에게 자

신의 인생을 벌써 걸어버렸다.

　그런 이상 일을 하다가 손해를 보게 될지라도 그런 것으로 손을 귀찮게 하고 싶지 않았다. 지금까지 냉정한 사업가로 살아온 그녀로서는 상상도 할 수 없는 변화다.

　"말로만 그러는 것이 아니오. 내 진심이니 대충 넘겨서 듣지 마시오."

　"저도 알아요. 하지만 주군께서는 저희들 외에 신경 쓰셔야 할 일들이 너무 많잖아요. 그러니 제가 하는 일은 그냥 믿고 맡겨주세요. 무력이 필요할 때나 주군의 결재가 필요한 일만큼은 반드시 말씀드릴 테니까요."

　"그대는 정말 좋은 여자요."

　'사랑스럽기도 하고…' 라는 말도 하고 싶었지만 그렇게 되면 스스로 이성을 잃을 것 같아서 숀은 가까스로 참았다.

　언젠가는 소피아도 자신의 부인으로 삼을 계획이었지만 아직은 시기상조였다.

　지금은 여자에 빠져 지낼 때가 아니었다.

　"이런 말씀을 드리면 건방지다고 생각하실지 모르겠습니다만 주군께서도… 참 좋은 남자이십니다. 호호……."

　"하하! 그렇게 말해줘서 고맙소. 앞으로도 그대에게 계속 좋은 남자가 되었으면 좋겠소."

　"……."

손은 말을 해놓고도 아차 싶었다.

그 말이 떨어짐과 동시에 소피아의 눈가가 촉촉이 젖어 들고 있는 것을 발견한 탓이다. 그리고 순간 두 사람의 심장이 빠르게 요동치기 시작했다.

누가 가르쳐 준 것도 아닌데 두 사람은 무엇에 이끌린 듯 서로가 서로를 향해 다가갔다.

그러고는 자연스럽게 포옹을 했다.

두근두근…

"소피아…….."

"주, 주군…….."

만일 이때 이대로 키스라도 했다면 결국 둘 다 이성을 잃고 대형 사고를 쳤을 것이다.

그게 꼭 나쁜 것은 아니지만 소피아는 이건 아니라는 생각을 했다.

최소한 첫날밤만큼은 모두에게 축복받는 날이 되었으면 하는 게 그녀의 속마음이었다.

그랬기에 손의 입술이 닿을락 말락 할 때 그녀는 있는 힘을 다해 그의 품을 빠져나왔다.

"이, 이러시면 안 돼요."

"아…….."

따뜻하고 포근했던 그녀가 떨어져 나가자 손은 마치 어

린아이가 엄마 품에서 밀려난 것 같은 허전함을 느꼈다.

이런 경험은 평생 처음이다. 전생과 이생을 합쳐서 말이다. 하지만 그렇다고 기분이 나쁘거나 하는 것은 아니었다.

버둥거릴 만큼 아쉽기는 했지만…

"죄송해요, 주군. 저도 주군을 좋아하지만 지금은 참아야 할 것 같아요. 제 마음… 이해하시죠?"

"휴우… 그대가 너무 아름다워서 내 잠시 이성을 잃었던 모양이요. 물론 그대의 입장은 나도 충분히 알고 있소. 그러니 미안해할 필요 없소. 오히려 그건 내가 할 말이오."

굳이 미주알고주알 이야기하지 않아도 두 사람은 이미 서로의 마음을 깊이 이해하고 있었다. 그게 남녀 간의 오묘한 사랑인지도 모른다.

"아 참, 제가 깜빡하고 주군께 보고드리지 못한 내용이 있어요."

"아, 그래요? 그럼 어서 말해보시오."

약간은 어색한 순간이었는데 그럴 때 소피아가 말을 걸자 슌은 얼른 대꾸했다.

그러자 소피아가 생긋 웃으며 다음 말을 이어갔다. 자지러질 정도로 예쁜 미소다.

"아직 백 퍼센트 확실한 정보라고 말하기는 어렵지만 어쩌면 조만간 렌탈 영지가 위기에 처하게 될지도 몰라요."

"그건 또 무슨 말이오? 그곳 영지 주변은 이미 위험 요인이 거의 없잖소? 그런데 누가 그 영지를 위협할 수 있겠소?"

렌탈 영지와 경계를 맞대고 있었던 단데스 자작 영지는 이미 렌탈 영지에 복속된 지 오래였고, 크롤 백작 영지 역시 이제는 한편이 되었으니 경계 대상이 아니었다.

그런 데도 위기에 처할 일이 있는 것인지 숀은 그게 선뜻 이해되지 않았다.

"다른 영지의 공격 징후는 없습니다. 그러기에는 거리도 너무 멀고, 엄청난 비용과 희생을 무릅쓰고 렌탈 영지를 차지한다고 해도 그만한 소득을 올리기는 어려울 테니까요. 그런데……."

"그런데?"

"렌탈 영지와 크롤 영지 주변에 서식하는 무리들 가운데 '들개' 라는 조직이 있습니다. 이들은 과거 저희와도 꽤 많은 마찰을 빚었던 도적들입니다."

"아무리 렌탈 성에 병사들이 적다고 한들 겨우 도적들 때문에 위협을 느낀다는 말이오?"

소피아의 말에 숀은 여전히 잘 모르겠다는 듯 고개를 갸웃거렸다.

사실 도적의 무리들은 절대 정예 군대를 상대할 수 없다.

그건 어른과 어린아이만큼의 전력 차이가 나기 때문이다.

물론 밤 그림자처럼 정식으로 군사훈련을 받았다면 또 다르겠지만…

"문제는 그들이 몬스터를 다룰 수 있다는 데 있습니다. 도적 무리의 두목이 몬스터 테이머—몬스터를 길들이는 직업군— 출신이라고 하더군요. 그래서인지 그들이 마을을 약탈할 때는 늘 대규모 몬스터들이 함께 몰려왔다고 합니다."

"대규모라고 하면 대체 얼마나 되는 거요?"

대규모 몬스터가 도적들과 함께 움직인다면 결코 그냥 넘길 문제가 아니었다. 아니, 어쩌면 인간 병사들보다 훨씬 무섭다고 봐야 한다.

몬스터는 인간과 달리 두려움을 잘 모르니 말이다.

그래서인지 숀은 다시 소피아에게 바짝 다가가며 질문을 던졌다.

"저희 정보에 의하면 마지막 마을에 나타났을 때 등장했던 몬스터는 오크 전사만 열 마리에 오크 주술사가 열 마리, 그리고 미노타우로 열두 마리, 마지막으로 고블린이 삼십 마리나 되었다고 합니다."

"호오… 과연 많기는 하군."

오크와 미노타우로는 중형 몬스터로 분류한다.

언젠가 숀이 파비앙과 만났을 때 오크들과 싸워본 경험이 있어 그들이 어느 정도 능력을 가지고 있는지는 숀도 잘 알고 있었다.

"그 정도만 해도 현재 렌탈 영지의 방어선은 금방 뚫을 수 있을 것입니다. 아직 공격이 확정된 것은 아니지만 충분히 가능성은 있다고 하더군요. 뭔가 조치를 취해야 합니다."

"조치라… 일단 더 생각해 봅시다. 렌탈 영지에도 바보들만 모여 있는 것은 아니니 말이오. 후후……."

소피아는 걱정이 태산 같았는데 숀은 오히려 여유 있게 웃기까지 했다.

그게 그녀의 애간장을 더 태웠지만 그러면서도 왠지 안심은 되었다.

웃고 있는 사람이 바로 숀이었기 때문이다.

2

밤 그림자가 렌탈 영지 일대를 장악하고 있을 때는 주변에 그 어떤 약탈자의 무리들도 함부로 날뛰지 못했었다. 그만큼 밤 그림자의 영향력이 지대했기 때문이다.

그러나 최근 그런 밤 그림자의 활동이 거의 없어지자 여기저기에서 밤의 무리들이 들고 일어나기 시작했다.

"이제부터 우리 라이온 산채가 이 일대의 주인이 될 것이다! 일어나라! 형제들이여!"

"와아아아~!"

'라이온파' 라는 산적 무리도 그중 하나이다.

총 일백칠십 명이나 되는 수하들을 거느린 대규모 산적 단인만큼 이참에 일대를 완전히 자신들의 수중으로 넣으려는 야망을 가질 만도 했다. 그런데…

"모두 쳐라!"

"끼야호~!"

"쿠아아아아~!"

두두두두~!

그들이 뜻을 펼쳐보기도 전에 일단의 무리가 산채를 공격해 왔다.

공격자들의 기세는 실로 무서웠다. 그들은 순식간에 산채 앞에 도착했고 준비해 온 충차를 이용해 산채의 문을 두들기기 시작했다.

쿵! 쿵! 쿵!

"어서 불화살을 준비해 충차부터 막아라!"

"네!"

우르르르…

놀란 라이온파의 산적들은 재빨리 방어에 나섰다.

산채의 문이 부서지면 적들이 물밀듯 밀려올 테고 그러면 방어에도 큰 어려움이 있을 터…

그들은 얼른 화살에 불을 붙여 충차를 향해 쏘아대기 시작했다.

"쏴라!"

핑핑핑!

"크악!"

그 바람에 충차를 몰던 몇 명의 무리가 화살을 맞고 불타 죽었다.

이대로라면 충차를 몰 수 있는 사람이 단 한 명도 남지 않을 것 같았다. 그래서인지 뒤쪽에서 바로 명령이 떨어졌다.

"충차 부대는 모두 뒤로 물러서라!"

"네!"

뿌우우웅~!

"크아앙~! 쿠아아아~!"

곧 뿔피리 소리가 들려왔다.

그리고 어디선가 실로 소름끼치는 몬스터의 포효가 울려 퍼졌다.

"으헉! 이, 이게 무슨 소리지?"

"저, 저기를 봐! 오크다! 오크 떼가 몰려온다!"

"미노타우로도 있어!"

산채 위에서 화살을 날리던 자들이 공격자들의 뒤쪽에서 다가오는 몬스터들을 발견하고 사색이 되었다.

이런 산중에서 몬스터를 만나게 되면 이길 확률이 거의 없기 때문이다. 그리고 그것을 증명이라도 하듯 갑자기 허공에서 뭔가가 날아들었다.

휙~!

"캬오오~!"

덥썩!

"크악~!"

"으악! 고, 고블린이다!"

쿵!

나무와 나무를 타고 날아든 물체는 다름 아닌 고블린 떼였다.

놈들은 산채 위로 날아가 활을 쏘고 있던 무리들을 순식간에 물어뜯어 정신을 잃게 만들더니 모조리 아래로 집어던져 버렸다.

맨땅에서 일대일로 싸우면 해볼 만한 몬스터가 고블린이지만 이처럼 나무 위나 산채의 벽처럼 높은 곳에서는 쉽게 상대할 수 있는 상대가 아닌 것이다.

"궁수들이 처리되었다. 충차를 다시 가동하라! 그리고 미노타우로도 합류시켜라!"

"네!"

그그그긍….

뿌우우우~!

"쿠와아아~!"

불화살을 날리던 녀석들이 제거되자 다시 충차가 산채 문을 향해 돌진했다.

그리고 이번에는 소의 머리를 하고 있는 미노타우로도 합세했다.

콰앙~ 콰지직!

그러자 순식간에 산채 문이 박살 나버렸다.

"문이 파괴됐다. 모두 돌진!"

"와아아아~!"

또다시 공격 명령이 떨어졌고 산채 안은 아수라장으로 변해갔다.

"항, 항복합니다! 제발 목숨만은……."

"항복!"

그렇게 약 한 시간 정도가 흐르자 여기저기서 항복하는 산적들이 속출했다.

어떻게 해서든지 버텨보려 했지만 그들의 능력으로는 무

지막지한 몬스터들을 감당할 방법이 전혀 없었던 것이다.

그리고 마침내 라이온파의 두목인 파슬레가 나타났다.

"대체 네놈들의 정체는 무엇이냐? 우리와 무슨 원한이 있어서 이러는 것이냔 말이다!"

그는 나타나자마자 그렇게 울부짖었다.

그동안 내내 숨어 있다가 이제야 뭔가를 해보려고 하는데 이처럼 산채가 박살이 났으니 억울할 만도 했다.

"산의 주인은 한 명이면 족하다네. 그리고 우리는 산만으로는 만족할 수 없지. 어때? 나와 함께 세상으로 나가볼 생각이 없는가?"

고래고래 소리를 지르던 두목 앞에 어깨가 딱 벌어진 건장한 사내가 나타났다.

한쪽 눈은 없는지 안대를 하고 있었지만 다른 한쪽 눈만 해도 어찌나 섬뜩하던지 산전수전 다 겪어본 두목 파슬레의 오금이 저릴 정도다. 그랬기에 그는 자신도 모르게 존대로 질문을 던졌다.

"누, 누구십니까?"

"나는 들개파의 보스 멘체스터다. 이제 이 일대는 우리 들개파가 장악할 것이다. 렌탈 영지까지도 말이다."

"오, 당신이 '불사의 들개 멘체스터' 시군요. 따르겠습니다. 이 파슬레와 라이온파의 모든 식구는 오늘부터 당신의 충실한 개가 되겠습니다! 받아주소서!"

일반 병사나 기사들은 모르지만 밤을 사랑하거나 산에서 생활하는 자들 사이에서 이 이름을 모르는 사람은 없었다.

혼자서 오크 떼 일곱 마리와 싸워서 살아남은 사나이의 이름이 바로 멘체스터였기 때문이다.

그는 결국 끝내 살아남았지만 엄청난 상처와 함께 한쪽 눈을 잃는 불행을 겪었다.

이후 그는 몬스터를 다룰 수 있는 테이머가 되었고 자신을 죽이려 했던 몬스터를 부리고 다니는 진정한 복수를 이루었다.

그랬기에 사람들은 그를 두고 들개처럼 끈질기다고 해서 '불사의 들개 멘체스터' 라고 부르기 시작했던 것이다.

"일어나라, 파슬레. 우리는 아직 해야 할 일이 많다. 그러니 어서 준비해라."

"네! 목숨 바쳐 충성하겠습니다!"

"충성하겠습니다!"

그렇게 라이온파를 흡수한 멘체스터는 이후에도 인근 산과 들판을 돌며 크고 작은 산적들과 약탈자 무리를 규합했다.

그 누구도 그들 앞에서 고개를 치켜들지 못했다. 그리고 무엇보다 그들 역시 자신들처럼 민초였다가 먹고살기 힘들어 약탈자가 된 자들이라 쉽게 결속할 수 있었다.

그랬기에 어느덧 들개파의 인원은 무려 사백여 명에 육박하게 되었다.

멘체스터는 그 많은 무리를 이끌고 인근에서 가장 높은 산의 정상까지 올라갔다. 그러고는 그곳에서 수하들에게 렌탈 영지를 보여주며 투지를 불러일으키기 시작했다.

"자! 이제부터 우리는 음지에서 양지로 나아갈 것이다! 모두 저 아래를 보아라. 무엇이 보이는가?"

"비옥한 렌탈 영지가 보입니다!"

"그렇다! 그동안 우리는 마치 짐승처럼 산속을 헤매고 다니며 목숨을 부지해 왔다. 그러나 우리도 엄연한 사람이다. 고로 나는 이제부터는 더 이상 너희들을 짐승처럼 살게 두지 않을 것이다!"

"와아아아~! 보스 만세!"

스윽…

멘체스터의 한마디에 들개파 무리들이 환호성을 지르자 다시 그가 오른손을 들어 올려 옆으로 베는 시늉을 했다.

그 간단한 동작 하나에 장내는 금방 조용해졌다. 실로 놀라울 만큼 절제된 행동이다. 훈련 없이는 불가능한 행동 말이다.

"잘 들어라! 앞으로 이틀 후 우리는 바로 저 렌탈 영지를

칠 것이다! 행여 두려운 자는 지금 빠져도 좋다!"

"죽는 한이 있어도 보스를 따를 것입니다!"

"옳소! 보스와 함께 싸우겠습니다!"

아무리 훈련을 했어도 산적과 약탈자들은 본능적으로 영지군을 두려워한다. 어쨌든 정예 병사의 힘은 그만큼 무서운 것이다.

그러나 멘체스터와 그의 몬스터가 있는 한 더 이상 그들을 두려워할 필요가 없었다. 그래서인지 그들의 대답은 힘차고 확고했다.

"좋다! 그럼 우리 모두 함께 싸우다가 죽도록 하자! 죽으려는 자는 살 것이요, 살려는 자는 죽을 것이다! 알겠는가!"

"알겠습니다!"

"와아아아~!"

멘체스터는 몬스터를 다루는 능력뿐 아니라 사람을 다루는 솜씨도 대단했다.

그는 순식간에 사백여 명이나 되는 무리를 하나로 만들었다. 그리고 그것은 그들의 능력을 백 퍼센트 이상으로 발휘할 수 있게 해줄 터였다.

바로 렌탈 영지군과의 전쟁에서 말이다.

Chapter 10

렌탈 영지의 위기?

건들면 죽는다

1

원래 영지를 점령하고 나도 할 일은 태산이다. 그것을 이미 처음 단데스 자작 영지를 차지했을 때부터 겪어본 손이었지만 테우신 영지는 확실히 한 수 위였다.

영지가 워낙 크고 방대한 데다가 인구수만 해도 단데스의 열 배가 넘는 규모이니 당연했다.

"주군, 성 보수 작업에 필요한 경비입니다. 읽어보시고 결재를 부탁드립니다."

"알겠소. 거기에 두고 가시오."

그 때문에 오늘도 숀은 눈을 뜨자마자 각종 결재 서류에 파묻혀 있었다. 이건 많아도 너무 많았다.

하지만 그렇다고 발뺌을 할 수도 없었다. 그가 최고 책임자인지라 여기서 도망을 가면 모든 업무가 마비될 게 뻔했기 때문이다.

"알겠습니다. 그럼……."

"잠깐! 기다려 보시오."

"네?"

지금 성 보수와 관련된 자료를 가져왔던 사람은 원래 테우신 영지군의 기사대장이었다가 최근 성 방위 사령관으로 임명된 월터였다.

그는 나가려다가 숀이 부르자 얼른 걸음을 멈추고 부동자세를 취했다.

"요즘 방위군의 훈련 상황은 좀 어떻소?"

"주군께서 지시하신 대로 훈련 시간을 늘리고, 또한 영양 공급을 잘해주었더니 훨씬 성과가 크게 나타나고 있습니다. 이제 시작이기는 하지만 확실히 예전과는 달라진 것 같습니다."

기사로 임명된 연합군 병사들은 몰라도 원래 테우신 병사들과 폭스단원들에게는 특별한 조련이 필요했다. 최대한 빠른 시간 안에 최강의 병사들로 재탄생시키기 위해서다.

그랬기에 숀은 월터와 크림겔 등에게 여러 가지 훈련 방법을 알려준 상태였다.

병사들에게 최상의 식단을 제공해 주고 훈련 강도를 높이는 것도 그중 하나였다.

"다행이로군. 앞으로도 더욱 훈련에 매진해 주시오."

"알겠습니다!"

"그럼 나가보시오. 참, 나가면서 크롤 백작과 렌탈 남작을 불러주면 좋겠군."

"바로 가서 전하겠습니다!"

다른 누구보다 월터는 숀을 존경하고 있었다.

그가 폭스단과 짐머만 영지군을 항복시킬 때 보여주었던 검술을 직접 보았기 때문이다.

게다가 나이는 자신보다 훨씬 어린 데도 숀에게서는 노장만이 보여줄 수 있는 노련함과 지독한 여유, 그리고 깊은 지혜가 있었다.

그 모든 것이 월터로 하여금 숀에게 감복하게 만들었던 것이다. 그런 그였기에 나갈 때도 절도 있는 인사를 하고 나갔다. 그리고 잠시 후 두 사람이 방문했다.

"신 크롤, 부르심을 받고 왔습니다."

"신 렌탈도 왔습니다."

"어서 오십시오. 두 분, 일단 그쪽에 앉으시지요."

"감사합니다!"

숀은 그들을 우선 소파에 앉힌 다음 자신도 위쪽 자리에 앉았다. 그러고는 하녀를 시켜 차를 내오게 했다.

"이제 내일부터는 짐머만 영지도 정리해야 할 것 같습니다. 그자가 이미 우리의 포로가 된 상태이고 그곳의 영지군도 절반 이상이 합류했으니 서두르는 것이 좋을 것 같은데 두 분의 생각은 어떻습니까?"

"그렇지 않아도 그 문제를 건의하려던 참이었습니다. 짐머만 자작이 이곳에 있는 이상 어떤 식으로든 그곳 영지와의 관계도 정리를 해야 할 테니까요."

숀이 두 사람을 부른 이유가 바로 이것이었다. 짐머만 자작의 영지는 테우신 영지와 인접해 있다.

그러나 아직 그곳 영지 사람들은 짐머만 자작이 숀에 의해 사로잡혀 있다는 것을 모르고 있었다. 알았다면 벌써 그를 구하기 위해 어떤 행동이든 취했을 터였다.

그러나 영악한 숀이 상황을 그렇게 되도록 놔둘 리가 없었다. 그는 이미 진작부터 소피아에게 부탁해 그런 정보를 미리 차단시켜 놓았던 것이다.

렌탈과 크롤도 그런 부분을 알고 있었기에 아직까지는 테우신 영지의 안정화에 모든 신경을 쏟고 있었다. 그랬기에 렌탈은 그걸 고려하며 이야기를 꺼냈다.

"방금 주군께서 말씀하신 대로 그쪽 영지도 빠르게 흡수하는 것이 좋을 것 같습니다. 어차피 애초 도발은 그쪽에서 먼저 한 것인만큼 명분은 충분하지 않습니까?"

"내 생각도 그렇습니다. 그리고 무엇보다 짐머만이라는 자가 그나마 양심적이고 괜찮은 영주였다면 또 달라졌을 것입니다. 그랬다면 진작 풀어주고 그곳 영지는 알아서 다스리게 두면 될 테니까 말입니다. 하지만 최근 수집한 정보에 의하면 불행히도 그는 테우신 백작보다 더하면 더했지 덜하지 않은 악독 영주더군요. 이런 자가 다스렸던 영지라면 하루 빨리 우리가 점령해서 그곳 영지민들을 안정시켜주는 것이 나을 것입니다."

다른 사람들에게는 그저 남의 영지민일 뿐이었지만 숀의 입장에서는 어차피 그들도 같은 왕국민이었다. 조만간 자신이 다스리게 될지도 모르는 그런 백성들 말이다. 그래서인지 그는 그들이 고통 받고 있는 것이 싫었다.

"언제든지 명만 내려 주십시오! 즉각 출동해서 짐머만 영지도 깨끗이 점령하겠습니다!"

"저 역시 크롤 백작과 같은 마음입니다. 명을 내려주십시오, 주군!"

이제 누구보다도 든든하고 믿음직스러운 두 사람이다.

숀은 그런 두 사람이 벌떡 일어나 경례까지 하며 외치자 자신의 생각에 적극적으로 동조해 주는 것 같아서 더욱 기꺼운 마음이 들었다.

"하하하! 두 분 마음은 충분히 알겠습니다. 우선 흥분을 좀 가라앉히십시오. 이런 문제는 좀 더 냉정하게 접근해야 합니다. 그래야 우리의 소중한 병사 한 명이라도 희생시키지 않고 승리할 수 있을 테니까요."

"죄송합니다. 주군의 말씀이 백번 옳습니다."

숀이 웃으면서 말리자 두 사람은 약간은 머쓱해진 표정으로 다시 자리에 앉았다.

이럴 때 보면 나이 많은 렌탈이나 조금 더 젊은 크롤이나 둘 다 참으로 순진해 보였다.

"이미 우리에게는 짐머만과 그곳 영지군이었던 병사들이 천여 명이나 있습니다. 그들을 잘 활용하면 큰 문제 없이 쉽게 점령할 수 있을 것입니다. 이번에 새롭게 구성된 기사단을 시험 가동해 보는 것도 괜찮겠군요."

"오! 불멸의 기사단을 말입니까?"

"그렇소."

"그렇다면 해보나 마나 한 싸움입니다. 허허……."

무려 기사만 일천팔백 명이다. 게다가 그들은 이미 승리의 맛을 보았으며 이제 더욱 큰 승리를 갈망하고 있었다.

이들의 전력을 병사로 환산해 보면 일만의 병력과 맞먹는다고 볼 수 있었다.

그러니 렌탈 남작과 크롤 백작도 흥분할 수밖에…

"자, 그럼 두 분은 나가서 출정 준비를 해주십시오. 내일 오전 중으로 짐머만 영지를 향해 출발하겠습니다."

"알겠습니다!"

"명을 따르겠습니다!"

손의 말이 떨어지기가 무섭게 두 사람은 다시 벌떡 일어나더니 절도 있는 모습으로 경계를 붙이며 힘차게 대답했다. 다 이겨놓고 하는 전쟁인만큼 두려울 것은 전혀 없었다.

그렇게 두 사람이 나가고 나자 손은 천천히 책장 쪽으로 다가가더니 그곳에서 술을 한 병 꺼냈다. 얼마 전까지만 해도 테우신 백작이 즐겨 먹던 테오페 주—독한 위스키 종류—였다.

그는 그것을 가지고 소파에 앉더니 옆에 있던 컵 두 개를 갖다 놓고는 천천히 술을 따르기 시작했다.

쪼르륵…

술이 어느 정도 잔에 차오르자 손이 허공을 향해 말을 걸었다.

"오느라 고생했다. 어서 앉아라. 같이 한잔하자꾸나."

"치이… 아무튼 귀신이 따로 없다니까. 언제 알았어요?"

허공 저편에서 치기 어린 영롱한 목소리가 들려왔다.

늘 그림자처럼 움직이는 욜라다.

"아까 못생긴 월터 경이 들어왔을 때부터 알았지. 아무리 은밀하게 움직여도 너의 몸에서만 풍겨 나오는 그 특유의 향기가 늘 나를 자극하거든. 하하!"

"또 거짓말하시네. 내 몸에서 무슨 향기가 난다고 그래 요? 씻을 때도 비누 종류라고는 아예 쓰지도 않는데… 흥!"

숀의 농담 같은 말에 욜라가 어이가 없다는 듯 소리쳤다.

하지만 복면 속에 감춰진 그녀의 얼굴은 왜 그런지 이미 새빨개져 있었다.

다른 사람은 몰라도 숀은 그 점을 분명하게 알 수 있었 다. 그래서 더 그녀가 사랑스럽게 느껴지는 것 같았다.

"알았으니 어서 한 잔 쭉 들이켜라. 그동안 고생하고 온 상이다."

"그러죠, 뭐."

벌컥벌컥…

한동안 두 사람은 아무 말 없이 술만 들이켰다.

숀이 예상한 대로 욜라는 술을 정말 잘 마셨다.

그건 그동안 그만큼 힘들게 살아왔음을 뜻했다. 그게 안 타까웠지만 그래도 숀은 그런 이야기는 일언반구도 내비치지 않았다.

그녀의 자존심을 배려해서다.

"캬아~! 이제 어서 말해봐요. 또 무슨 일이 시키고 싶은
건지?"

"하하! 아무튼 내가 동생 하나는 잘 뒀다니까. 말하지 않
아도 내 의중을 정확히 알고 있는 사람은 너 하나뿐일 게
다. 하지만 그 이야기는 조금 더 있다가 다시 하기로 하고
우선 네가 조사한 일부터 말해줬으면 좋겠구나."

이렇게 두 사람은 이야기를 시작했다. 그리고 그 대화는
끊임없이 계속되었다.

동이 틀 무렵 욜라가 또다시 어디론가 사라질 때까지 말
이다.

2

요즘 렌탈 영지의 분위기는 평화, 그 자체였다.

길고 긴 겨울 동안 영지민들은 다음 해의 농사를 위한 준
비와 충분한 휴식을 즐기고 있었다. 병사들도 하루의 훈련
이 끝나면 각자 집으로 돌아가 집안일을 도와줄 수 있었다.

하지만 그렇다고 경계를 소홀히 하거나 게으름을 부리는
것은 아니었다.

그러기에는 그동안 겪은 일들이 워낙 험했다.

단데스 영지군의 침공부터 크롤 백작군의 엄청난 공세까지 당해본 그들이었기에 아직도 긴장감이 완전히 사라진 것은 아니었다.

게다가 자신들은 지금 편하게 지내고 있지만 대다수의 영지군은 먼 곳으로 대장정을 나선 상황이 아니던가.

"휴우… 그나저나 우리 영지군들이 잘하고 있는지 걱정이로구나. 벌써 봄이 다가오고 있는데 아직 아무런 소식도 없으니 답답하네."

"에이~ 어머니는… 무소식이 희소식이라는 말도 몰라요? 아직까지 아무런 소식이 없다는 말은 나쁜 일이 없다는 뜻이나 마찬가지라고. 그렇지, 끼루?"

끼루룩~ 끼루끼루…

창가에서 뜨개질을 하고 있던 렌탈 남작 부인이 작은 한숨을 내쉬며 중얼거리자 옆에서 끼루와 장난을 치고 있던 마하엘이 제법 어른스럽게 한마디 했다. 그러자 끼루도 그 말이 맞다는 듯 고개를 주억거리며 끼룩거렸다.

확실히 얼마 전보다는 조금 더 발전한 것 같은 모습이다.

"그래, 네 말이 맞다. 우리 아들 제법인데?"

"헤헤… 내가 지금은 영주 대행이잖아요. 그러니 이제 어린애 취급은 사양합니다."

끼루만 달라진 것이 아니라 마하엘도 많이 달라졌다.

우선 말투부터 그랬다. 작년까지만 해도 그는 어머니에게 어리광을 부리며 반말로 이야기했었다.

그러나 지금은 어른스러운 태도를 보이며 깍듯이 존대를 하고 있었다.

남작 부인은 그게 꽤나 대견했던지 만면에 미소를 지으며 그의 말을 인정했다.

"어쭈? 이제 진짜 영주 행세까지 하는 거야?"

"아버님께서 계시지 않으니 당연하죠. 선생님, 아니, 주군께서도 제게 영지를 잘 부탁한다고 하셨단 말이에요."

"호호. 알았다. 이 어미도 이제부터 너를 영주 대행으로 인정하마. 됐지?"

손이 그런 말을 했다는 그 한마디에 남작 부인은 바로 마하엘을 인정했다.

그만큼 손에 대한 믿음이 크다는 증거다.

"어머니께서 그리 말씀해 주시니 부쩍 힘이 나는 것 같네요. 내일은 더 일찍 일어나서 성 주변부터 순찰해야겠어요."

"그거 좋은 생각이구나. 어진 군주는 늘 자신을 채찍질하고 부지런해야 하는 법이지."

평화의 시기에 순찰을 한다고 더 나아질 것이 없을지도

모른다.

그러나 남작 부인은 마하엘의 말에 오히려 조언을 덧붙였다. 렌탈 남작에게 이런 부인이 있어서 그가 더 어진 정치를 할 수 있었던 모양이다.

어쨌든 어머니의 금과옥조 같은 말을 들으며 마하엘이 또 뭔가를 이야기하려 할 때 갑자기 누군가가 급히 문을 두드렸다.

똑똑똑!

"마하엘 영주 대행님! 기사 발통입니다!"

"어서 들어오시오."

남작 부인과 이야기를 할 때는 그래도 치기 어린 면을 보였던 마하엘이 발통이라는 기사가 찾아오자 무척 어른스러운 말투로 그를 맞이했다. 이제 막 변성기가 찾아와서 그런지 약간은 어색한 것 같기는 했지만 말이다.

"충성! 영주 대행님과 남작 부인을 뵈옵니다!"

"저는 이제 나가볼 테니 두 분은 편히 이야기 나누세요. 그럼……."

남작 부인은 워낙 고지식한 면이 많아서 사내들이 중요한 이야기를 나눌 때는 자리를 비워주는 것이 아녀자의 도리로 알고 있었다.

그건 아직 어린 아들이라고 해도 마찬가지였다. 그렇게

어머니가 자리를 비워주자 마하엘의 마음가짐도 더욱 엄숙해졌다.

"무슨 일입니까?"

"요즘 영지 주변의 분위기가 심상치 않습니다."

"심상치 않다니요?"

발통의 말에 마하엘은 고개를 갸웃거렸다.

그 역시 최근 들어 영지 경계에 대해 꽤나 신경을 쓰고 있었다. 아직 아버지에 비해서는 한참 멀었지만 나름 좋은 영주 대행이 되기 위해 그만큼 노력을 해온 것이다.

그러나 아직까지는 조금도 이상한 낌새를 느낀 적이 없었다.

"자꾸만 도적의 무리 같은 자들이 영지 여기저기를 어슬렁거리며 다닌다고 합니다. 그중 몇 명은 최근 도적들 무리 중에서도 가장 강성해지고 있는 들개파 단원이라는 소문도 있습니다."

"들개파라고요?"

아직 마하엘은 이런 조직이 있다는 말을 들어보지 못했다.

주로 성안에서 생활을 하고 있으니 당연하다고 할 수 있었다. 그 점을 느꼈는지 기사 발통이 아차 하는 표정으로 다시 입을 열었다.

"들개파는 '불사의 들개 멘체스터'라는 자가 세운 조직입니다. 알려진 바에 의하면 그는 무력도 대단하고 몬스터까지 부릴 수 있는 자라고 하더군요."

"몬스터를 부린다고요? 그게 가능합니까?"

마하엘 본인도 끼루를 부리고 있기는 하지만 다른 사람이 몬스터를 다룬다고 하니 무척 신기했던 모양이다. 눈을 크게 뜨고 어린애처럼 묻는 것을 보면 말이다.

"크험! 물론입니다. 몬스터 테이머가 바로 그들이지요. 그 직업을 가진 사람들은 평소 몬스터를 키우면서 그들이 잘 따르도록 훈련을 시킵니다. 몬스터 종류에 따라 훈련시키는 데 시간이 많이 걸리는 녀석들이 있기는 합니다만 어지간한 종류는 다 가능하다고 하더군요."

발통은 체통을 지키라는 뜻으로 헛기침을 한 번 하더니 설명을 해주었다. 그러자 마하엘은 더욱 흥분해서 당장에라도 테이밍 하는 방법을 배우고 싶어 했다.

"우와, 그런 직업도 있었군요. 나중에 나도 한번 배워보고 싶네요. 몬스터를 훈련시키고 다루는 법을 말이에요."

아무리 영주 대행이라고는 해도 역시 아직은 어린애였다.

"영주 대행님, 그건 절대 안 됩니다. 그런 일은 평민 아니면 천민들이나 하는 것입니다. 존귀하신 분이 하면 큰일 납니다."

"그냥 농담한 건데 뭘 그렇게 난리입니까? 아무튼 좋습니다. 그럼 다시 본론으로 돌아가서 이야기해 봅시다. 그렇게 무섭다는 멘체스터가 세운 들개파 사람들이 우리 영지를 돌아다닌다면 그들이 쳐들어올 가능성이 있다는 말이겠군요."

역시 마하엘은 보통의 소년이 아니었다. 잠깐 흥분하기는 했지만 금방 다시 본래의 모습으로 돌아오는 것을 보면 말이다.

"물론입니다. 그래서 제가 급히 영주 대행님을 찾아온 것입니다. 지금부터라도 뭔가 대책을 세워야 할 것 같아서요. 도적의 무리가 자꾸 염탐을 하는 것을 보면 조만간 침략을 개시할 것이 분명하거든요."

"발통 경은 생각해 둔 것이라도 있나요?"

현재 기사 발통은 렌탈 성의 수비 책임자였다.

비록 다른 기사들에 비해 실력이 조금 떨어져서 전쟁에 참여하지는 못했지만 그는 손이 직접 뽑은 자이기도 했다. 그만큼 침착하고 두뇌 회전도 빠르며 무엇보다 병사들을 잘 관리하는 기사였기 때문이다. 그것을 알고 있기에 마하엘도 그를 믿고 있었다.

"현재 성에 남아 있는 병사들은 모두 일백열두 명뿐입니다. 그러나 주군께서 전쟁에 나가시기 전 그분께 직접 지도를 받았던 병사들이기 때문에 전투 능력만큼은 나날이 좋아지고 있는 정예 중의 정예라고 할 수 있지요. 일단 그들로 하여금 성을 철저히 지킨다면 적들이 성을 점령하는 것은 불가능할 것입니다."

"그렇다면 영지민들을 모두 성안으로 불러들일 생각인가요?"

발통의 설명에 마하엘이 곧장 핵심을 찔렀다.

원래 영지는 성 하나만 방어한다고 다는 아닌 것이다. 더 많은 영지민이 성 밖에 있는 영지 여기저기에 흩어져서 생활하기 때문이다.

그런데 만일 성만 방어하고 있으면 그들은 고스란히 위험에 노출되지 않겠는가. 마하엘은 그 점을 지적했다.

그러자 발통의 얼굴에 송골송골 땀이 맺히기 시작했다. 그 부분은 그도 미처 생각하지 못한 모양이다.

"그, 그렇게 해야겠지요."

"이것 보세요, 발통 경. 그건 제일 하책으로 보여집니다. 영지민들을 구할 수 있다고 해도 그들의 집과 농토가 망가지면 그들은 모두 절망하고 말 테니까요."

마하엘은 영지민의 입장에서 생각했다. 그게 진정한 군주의 바른 자세라고 여긴 탓이다.

"하지만 그 정도 희생은 어쩔 수 없습니다. 영지 전체를 방어하기에는 병력 수가 턱없이 부족합니다."

또다시 발통이 부정적인 말을 하자 갑자기 마하엘이 기이한 표정을 지으며 그를 자신의 가까이로 불러들였다.

"제게 한 가지 좋은 생각이 있습니다. 귀를 이리 가까이……."

"네? 아, 네……."

그리고 마하엘은 그의 귓가에다가 뭔가를 열심히 속닥거렸다.

Chapter 11

이번엔 짐머만 영지다

1

둥둥둥둥!

두두두두~!

커다란 북소리가 사방으로 울려 퍼지고 있는 가운데 일
단의 무리가 위풍당당하게 들판을 가로지르고 있었다.

이들은 바로 순의 부대였는데, 그 규모가 심상치 않았다.

우선 선두에서 달리고 있는 '불멸의 기사단' 일천팔백
명만 해도 엄청난 위압감을 내뿜고 있었다. 그 뒤로 기마

부대원 일천 명 정도가 따르고 있었고 끝 쪽에는 공성 무기 등을 다루는 특수부대원이 삼백 명은 되어 보였다. 거기에 이제 왕국 전체에서 가장 강력하다고 말을 해도 이상하지 않을 마법병단이 함께했다. 3서클 이상의 마법사가 스물네 명이나 되는 어마어마한 전력이다.

그런데 이상하게도 숀의 모습만큼은 보이지 않고 있었다.

"이번 전쟁은 참으로 기대가 되는군요. 저들을 보십시오. 모두들 자신감이 넘치는 얼굴 아닙니까?"

"멀린 병단주님 말씀대로입니다. 전쟁을 치르기 위해 간다고 하기보다는 마치 사냥을 즐기러 가는 분위기 같습니다그려."

이들은 짐머만 영지를 접수하러 가기 위해 길을 나선 참이었다.

원래는 숀도 함께 가려고 했었다. 그러나 크롤 백작과 렌탈 남작, 그리고 멀린이 나서서 이 정도 일은 수하들만 시켜도 충분하다며 그를 만류했다.

숀도 곰곰이 생각해 보다가 그들의 말이 맞다는 것을 인정하고 이를 허락했던 것이다.

그래서인지 방금도 멀린이 먼저 입을 열었고 뒤를 이어 렌탈 남작이 대꾸를 하고 있었다.

"주군께서 안 계신 상황에서 치르는 첫 번째 전쟁이라 그런지 저는 왠지 몹시 흥분됩니다. 하긴 두 분이야 그동안 크고 작은 수많은 전투를 경험해 보셨을 테니 저와는 다르겠지만요."

"허허… 그건 저 역시 같은 심정입니다. 시골 영지만 다스리던 제가 언제 이렇게 엄청난 부대를 이끌고 영지군이 수천 명이나 되는 영지와 싸워봤겠습니까? 과연 우리끼리 승리를 할 수 있을지 벌써부터 걱정이 될 정도입니다."

"그건 저 역시 별다를 것 없습니다. 후우……."

멀린이 먼저 이야기를 꺼내자 렌탈 남작도, 또 크롤 백작도 그의 이야기에 동조했다.

확실히 이들의 지주라고 할 수 있는 숀이 빠지자 몹시 기대가 되면서도 허전한 느낌이 드는 것은 감출 수 없었던 모양이다.

세 사람은 선두에서 나란히 달리며 숀이라면 이번 전투의 시작을 어떻게 했을까 하는 생각을 거의 비등하게 하고 있었다.

"전방에 짐머만 영지가 보입니다!"

"선두, 속력을 줄여라!"

"워워~!"

그러는 사이 어느덧 짐머만 영지와의 경계 지점에 도착했다. 물론 이곳은 영지와 영지를 구분 짓는 관문이기 때문에 그다지 많은 병력이 주둔하고 있지 않을 터였다. 그런 데도 렌탈 남작은 일단 부대의 속도부터 늦추었다.

혹시 모를 매복에 대비하기 위해서다.

"벌써 속력을 줄이는 것은 너무 이르지 않을까요? 형님. 이곳에서 짐머만 성까지는 거리가 상당할 텐데요?"

"이 관문 너머가 왠지 수상해서 그런 것이네, 아우. 일단 은 조심하는 것이 좋을 것 같아서 말이야."

현재 이 부대의 총사령관은 바로 렌탈이었다.

직위상으로는 백작인 크롤이 높았지만 그건 통속적인 경 우다. 이미 크롤이 렌탈을 형님으로 모시고 있고 또 이들의 주군인 숀이 가장 존중해 주는 사람도 렌탈인지라 이미 이 들의 조직 안에서는 렌탈이 크롤보다 상위 서열이라고 하 는 것이 옳았다.

"아… 말씀을 듣고 보니 관문치고는 울타리의 길이가 상 당히 긴 편이군요. 수상한 것 맞습니다."

"멀린 마법사님, 울타리 너머에 무엇이 있는지 확인이 가 능할까요?"

"물론입니다. 거리가 꽤 되기는 하지만 약간의 시간만 있 으면 충분하지요. 잠시만 기다려 주십시오."

속도를 줄이다가 아예 멈춰 버린 이들로부터 관문까지의

거리는 족히 1킬로미터는 되었다.

강궁(强弓)으로 화살을 날린다고 해도 맞힐 수 있는 범위를 벗어나 있었다. 렌탈이 일부러 그 점까지 계산해서 멈춘 탓이다.

어쨌든 그렇게 먼 거리에서 관문 뒤의 상황을 알아내기란 그리 쉬운 일이 아니다.

멀린의 곁에 있는 5서클 마법사 칼베르토만 해도 불가능한 주문이다. 그런 데도 멀린은 그 자리에 앉더니 양손을 모으고 정신을 집중하기 시작했다.

"우주의 정기를 모아 모든 것을 살핀다. 매직 아이스(Magic Eyes)!"

그러자 잠시 후 그의 몸에서 놀랍도록 투명하면서도 거대한 눈동자 하나가 허공으로 떠올랐다.

그것은 멀린의 머리 위를 잠깐 배회하더니 쏜살같이 날아가 관문 너머로 사라져 버렸다.

"렌탈 사령관님의 예측이 맞았습니다. 지금 관문 뒤쪽에는 짐머만 영지군의 궁수 부대원이 약 삼백 명 정도나 숨어 있군요. 뿐만 아니라 그들의 뒤쪽에는 매복 병사들도 천 명 가까이 숨어 있습니다. 만일 아무것도 모르고 달려갔다면 아군의 피해도 꽤 컸을 것입니다."

"휴우… 이거 생각보다 만만치 않은 놈들이네요. 자신들의 영주가 잡혀 있는 데도 이런 초강수를 두는 것으로 보아 아무래도 짐머만 영지 안에 현재 영주를 좋아하지 않는 누군가가 있는 것 같습니다."

멀린의 말에 크롤이 한숨을 크게 내쉬었다.

만일 자신이 사령관으로서 병사들을 통솔했다면 여기서만 해도 꽤 많은 병사를 잃을 수 있었다는 생각을 하니 소름이 끼칠 정도였다.

"아우의 생각에도 일리가 있는 것 같군. 더불어 그자는 머리도 제법 좋은 것 같아. 우리에게는 가장 좋지 않은 케이스라고 할 수 있겠어."

"그러게 말입니다. 제깟 놈들이 끝까지 저항한다고 해도 어차피 우리가 이길 수는 있겠지만 그렇게 되면 아군의 피해도 그리 만만치 않을 테니까요."

렌탈이 수심에 잠긴 표정으로 말하자 크롤 백작도 그의 고민에 동참했다.

애초부터 질 싸움은 아니다. 그러기에는 이들이 보유하고 있는 전력이 엄청나도 너무 엄청났기 때문이다.

그랬기에 더더욱 상처뿐인 영광은 필요가 없었다. 승리를 하기는 하되 압도적인 승리가 필요했다. 아군의 희생이 거의 없는 그런 승리 말이다. 그게 이들의 가장 큰 고민이었다.

그런데 그때 갑자기 누군가가 끼어들었다.

"저기… 사령관님."

"무슨 일인가? 단장."

"저에게 한 가지 좋은 생각이 있는데 말씀드려도 될까요?"

조심스럽게 다가와 말을 꺼낸 사람은 바로 파비앙이었다. 바로 '불멸의 기사단' 단장을 맡고 있는 그녀 말이다.

렌탈은 처음에는 딸이 자꾸 전쟁에 개입하는 것이 걱정스러웠지만 이제는 그도 그녀의 능력을 인정하고 있었다. 아니, 인정뿐 아니라 그녀를 자랑스러워하고 있었다.

최근 왕국에서 가장 유명한 기사가 바로 그녀였기 때문이다. 게다가 검술을 배운 지 이제 고작 일 년 정도일 뿐인데 이미 그녀의 실력은 소드 익스퍼트 중급에 도달해 있었다.

아무리 손의 지도가 크다 하지만 이건 그녀의 노력과 재능 없이는 불가능한 성과였다.

"당연하지. 여기서는 자네가 내 딸이 아니라 불멸의 기사단을 이끄는 단주 아니던가. 아무 걱정 말고 기탄없이 의견을 말해보아라."

"그럼 그 전에 멀린 마법사님께 한 가지 여쭤볼게요."

"말씀하십시오, 아가씨."

렌탈은 파비앙을 단주라고 칭했지만 멀린은 여전히 아가씨라고 불렀다.

그건 그가 이미 그녀를 슌의 부인이 될 사람으로 인정하고 있었기 때문이다. 그게 그에게는 기사단장보다 훨씬 고귀한 신분이었다.

"지난번에 보니까 마법으로 그 무서운 폭탄을 막아내시던데 혹시 화살도 막을 수 있나요? 수백 발이 한꺼번에 날아올 때 말이에요."

"물론입니다."

파비앙의 뜬금없는 질문에 멀린은 속으로 의아했지만 일단은 대답해 주었다. 그러자 그녀가 다시 물었다.

"그럼 우리가 움직이고 있을 때도 마찬가지인가요?"

"저희들도 함께 움직이면 일정 시간 동안만 가능합니다. 아무래도 거리가 멀어지면 마나의 힘이 미치기 어려우니까요. 그리고 마법사는 움직이면서 마법을 펼치기가 그리 쉽지 않습니다. 때문에 어느 정도 시간의 제약을 받을 수밖에 없지요."

"얼마나 유지하실 수 있죠?"

"방어 대상의 범위와 공격자의 숫자에 따라 다르지만 아가씨께서 원하시는 정도라면 대략 5분 정도 유지하는 것은 가능할 것입니다."

이즈음에는 멀린도 파비앙의 의도를 눈치챘다.

그랬기에 '아가씨께서 원하시는 정도'라는 표현을 썼다.

"됐어요! 그 정도면 충분해요. 사령관님, 저희 불멸의 기사단이 관문을 깨뜨리겠습니다. 명령을 내려주십시오!"

"단, 단주……."

하지만 아직 두 사람의 의도가 무엇인지 모르는 렌탈과 크롤 백작은 파비앙의 뜬금없는 출전 선언에 깜짝 놀라고 말았다.

2

파비앙의 작전은 그리 복잡한 것이 아니었다. 아니, 오히려 어떤 면에서 보면 지극히 무식한 방법이라고 해도 과언이 아닐 정도다.

묻지도 따지지도 말고 무조건 관문을 돌파하는 것이니까 말이다.

"불멸의 기사단이여! 나를 따르라!"

"와아아아~!"

두두두두~!

이미 레더 아머를 벗어던진 지 오래다.

이제 그녀는 온몸에 착 달라붙으면서도 강인함이 느껴지

는 은빛 갑옷을 입고 있었다.

그런 상태로 검을 치켜들고 앞으로 내달리는 그녀의 모습은 방금 하늘에서 내려온 전투의 여신, 그 자체였다.

그래서인지 그 뒤를 따르는 기사들의 얼굴에는 자랑스러움과 함께 무시무시한 투지가 피어오르고 있었다. 여신과 함께하는데 뭔들 두렵겠는가. 이것이 그들의 한결같은 생각이었다.

"우리는 전투 마법사다! 절대로 불멸의 기사단을 놓쳐서는 안 된다! 출동!"

"와아아아~!"

그리고 그 뒤를 이어서 대륙 최초로 말을 타고 달리는 마법사들이 출전했다.

그들은 이번 싸움을 통해 전투 마법사의 위력을 드러내고 싶어 했다. 그래서인지 그들의 투지 역시 기사단 못지않았다.

이때 이런 무시무시한 장면을 보면서도 짐머만 영지군 진영에서는 오히려 박수를 치고 있었다.

"휴우… 작전이 실패하는 줄 알고 괜히 걱정했네. 놈들이 아예 저 앞에다가 진을 치고 버텼으면 골이 아플 뻔했는데 이처럼 달려와 주니 얼마나 고마운가 말이야."

"그러게 말입니다. 역시 도련님의 생각이 옳았습니다. 놈들이 코앞까지 다가올 때 화살을 날리면 절반 이상은 쓰러뜨릴 수 있을 것입니다. 그럴 때 우리 병사들이 뛰쳐나가 쓸어버리면 승리는 따놓은 당상이지요."

처음 입을 연 자는 바로 짐머만의 서자인 테루만이었다.

그는 짐머만 자작이 테우신 영지군을 돕기 위해서 성을 비운 사이 적자를 처단하고 성의 실권을 장악한 효웅이었다. 그런 인간이었기에 자신의 아버지가 적들에게 잡혀 있는 것을 뻔히 알면서도 이처럼 전쟁을 불사하고 있는 것이다. 게다가 그는 검술도 뛰어나고 병법에도 밝았다. 서자만 아니었다면 그로 인해 짐머만 영지가 크게 부흥했을지도 모른다.

그러나 안타깝게도 잘난 자식인 테루만은 서자였고 그 점이 오히려 문제로 대두되고 말았다. 하지만 그와 함께하는 수하들은 그의 뛰어남을 철저하게 믿고 있었다. 방금 테루만의 중얼거림에 맞장구를 친 자가 원래의 성 방위 사령관이니 말해 무엇하랴.

"그래, 어서 와라. 제대로 뜨거운 맛을 보여줄 테니 말이야. 흐흐흐… 모두 활 쏠 준비를 하라."

"네, 주군."

스윽…

테루만의 명령이 떨어지자 방위 사령관의 오른손이 번쩍 들렸다. 그러자 그게 신호인 듯 모든 궁수가 활에 화살을 동시에 먹였다.

이제 시위만 당기면 되는 상황이다.

"정확히 100미터 안에 들어오면 공격을 개시하겠다. 카운트를 시작하라."

"알겠습니다. 900… 800… 700…….."

방위 사령관이 거리를 가지고 카운트를 헤아리자 궁수들의 눈빛이 더욱 매섭게 돌변했다. 이로 보아 꽤나 훈련이 잘된 자들임을 알 수 있었다.

아무튼 그들이 그렇게 공격 준비를 하고 불멸의 기사단을 기다리고 있을 때에도 손의 군대는 여전히 무서운 속도로 돌진하고 있었다.

두두두두…

"모두 준비하라! 적들과 300미터 정도까지 접근할 때 마법을 펼치겠다."

"알겠습니다!"

멀린 마법사가 명령을 내렸다. 그리고 그 역시 짐머만 영지군의 방위 사령관과 비슷한 카운트를 헤아렸다.

"600… 500… 400… 지금이다! 연합 방어 실드를 펼쳐라!"

"실드~!"

비비빙~!

멀린이 크게 외치자 모든 마법사가 동시에 실드 마법을 펼쳤다. 그러자 눈에 보이지 않는 투명의 막이 불멸의 기사단 전체를 뒤덮었다.

하지만 짐머만 영지군들은 그런 사실을 꿈에서조차 알지 못했다. 그들의 눈에는 전혀 보이지 않았기 때문이다.

그리고 바로 그때 기사단이 그들의 사정 범위 안에 들어섰다.

"이때다! 모두 발사!"

"쏴라!"

핑핑핑핑! 쏴아아아~!

테루만이 발사 명령을 내렸고 곧이어 엄청난 화살들이 불멸의 기사단을 향해 쏘아져 갔다. 허공을 빽빽하게 뒤덮은 화살들은 그야말로 비처럼 쏟아져 내렸다.

아무리 대단한 기사라고 해도 이런 공격 앞에서는 속절없이 당할 것만 같았다. 그러나…

투투툭~ 툭툭~!

팅! 팅팅! 팅팅팅!

"저, 저럴 수가……."

"맙소사! 적들에게 투명의 방어막이 펼쳐져 있는 것 같습니다!"

그 많은 화살들이 무형의 막에 부딪혀 사방으로 떨어져 내렸다.

그 모습을 보자 테루만은 물론 모든 짐머만 영지군들이 넋을 잃고 말았다.

"멍청하게 있지 말고 계속 쏴라~! 멈추지 말고 어서 더 쏘란 말이다!"

하지만 테루만은 포기하지 않았다. 그는 그 짧은 순간에도 방금 적들이 화살을 막은 것은 마법사들의 일시적인 방어 마법 때문임을 간파하고는 쉴 새 없이 화살을 날리도록 명령을 내렸다.

"쏴라!"

핑핑핑핑! 쏴아아아~!

그로 인해 또다시 하늘은 화살의 비로 가득 찼다. 그리고 이번에도 그 화살들은 어김없이 튕겨 나갔다.

그러는 사이 어느덧 불멸의 기사단은 관문 앞에 도착했고 선두에서 달려오던 세 개의 그림자가 마상에서 곧장 관문 위로 날아들었다.

"차아압~!"

쉬익~ 서걱!

"크악!"

"이얍!"

슈욱~ 슉!

"켁!"

그들은 눈부신 속도로 관문 위를 내달리며 그 위에 있던 경비병들을 순식간에 해치워 버렸다. 그야말로 전광석화가 따로 없었다.

"이쪽은 제게 맡기고 두 분은 어서 관문부터 여세요!"

"알겠습니다!"

그들 세 사람은 파비앙과 기사 하인리, 그리고 크누센이었다.

놀랍게도 기사단의 핵심 지휘관이 모두 출동한 것이다. 게다가 문을 열기 위해 아래로 뛰어내린 그들 근처에는 아직 적들이 즐비했다.

하지만 파비앙은 두 사람에게 무조건 문부터 열라는 명령을 내렸다. 그러면서 그들에게 다가가는 무리들을 먼저 해치우기 시작했다.

"저자들을 막아라!"

"와아아아~!"

그런 상황을 발견한 짐머만 영지군의 방위 사령관이 관문 인근에 있던 모든 병사에게 다급히 명령을 하달했다. 그러자 동시에 수십 명이 떼거리로 세 사람을 향해 달려들었다.

"어림없다. 타핫!"

쉬익~!

"크악!"

"가라!"

쌔에엑!

"으악!"

그러나 하인리와 크누셴이 관문을 여는 것을 막기 위해 달려들면 어김없이 파비앙의 검이 날아들었다. 게다가 그녀의 검은 소름끼칠 만큼 무섭고 정확했으며 깔끔했다.

"으으… 철의 여전사다! 그 누구도 막을 수 없다는 무적의 꽃이 분명하…….."

서걱!

"크악!"

누구의 입에서 시작되었는지는 몰라도 짐머만 영지군들은 파비앙의 누구인지 알아낸 것 같았다. 그리고 그것은 그들의 전의를 더욱 잃어버리게 만들었다.

그만큼 지금 칼론 왕국 내에서 그녀의 위명이 대단했던 것이다.

그러는 사이 마침내 관문이 활짝 열리고 말았다.

"관문이 열렸다. 모두 단주님을 보필해서 적을 섬멸하라!"

"와아아아~!"

두두두두~!

그러자 마치 봇물이 터지듯 무시무시한 기사단이 밀물처럼 들이닥쳤다.

그 누구도 그들의 검을 막을 수 없었다. 짐머만 영지군 쪽은 기사라고는 기껏해야 스무 명 남짓했지만 불멸의 기사단은 무려 일천팔백 명 아니던가.

이건 절대로 정상적인 싸움이 될 수 없었다. 일방적인 도살이라면 모르겠지만…

"후퇴하라! 전원, 후퇴하라!"

"후퇴하라~!"

사태의 심각성을 깨달은 테루만이 있는 힘을 다해 후퇴 명령을 내렸다. 그 소리를 듣는 순간 그렇지 않아도 겁에 질려 있던 짐머만 영지군들은 정신없이 뒤로 뛰기 시작했다.

검까지 집어던진 채 말이다. 하지만 그들의 불행은 그게 끝이 아니었다.

"호호… 귀여운 녀석들이네요. 감히 우리 앞에서 후퇴라니… 그것도 보병들이 말이에요."

"클클… 그러게요, 단주님. 이거 오늘 정말 재미있는 사냥을 해보겠는데요?"

"킥킥킥… 누가 많이 잡나 내기라도 해야 하는 것 아닙니까?"

꽁무니에 불이 붙은 오리마냥 뛰어가고 있는 적들을 바라보며 파비앙과 하인리, 그리고 크누센이 신나게 비웃었다. 도망가고 있는 적들이 불과 몇 명을 제외하고는 모두 보병들이었기 때문이다.

바람처럼 달릴 수 있는 불멸의 기사단 앞에서 달리기로 도망을 가다니… 충분히 비웃음감임에 틀림없었다. 그리고 그것을 증명이라도 하듯 다시 파비앙의 입에서 힘찬 명령이 떨어졌다.

"모조리 잡아라!"

"네!"

두두두두~!

Chapter 12

계략

건들면죽는다

1

넓은 대전 안이었지만 왠지 두 사람에게는 좁게만 느껴
졌다. 워낙 서로가 서로를 잡아먹을 듯 온 신경을 곤두세우
고 있어서다.

그럴 수밖에 없는 것이 두 사람은 최근 더욱 첨예하게 대
립하고 있는 칼론 왕국의 일왕자 바스티안과 이왕자 크리
스티안이었던 것이다.

"이거 어떻게 하나, 아우? 테우신 백작이 자기 조카에게

신나게 깨졌다고 하던데……."

"으음… 그건 형님께서 신경 쓰실 문제가 아닌 것 같은데
요? 속으로는 무척 기쁘시겠지만 말입니다."

일왕자 바스티안이 약을 올리듯 먼저 한마디 하자 이왕
자 크리스티안이 인상을 구기며 못마땅하다는 듯 퉁명스럽
게 대꾸했다.

"그게 무슨 소리인가? 내가 기쁠 일이 뭐가 있다고… 단
지 그 잘났던 테우신 백작이 어떻게 자신보다 훨씬 못한 크
롤 백작에게 당한 것인지 그게 궁금할 뿐이라네."

"저도 지금 그게 수수께끼입니다. 듣자 하니 크롤 백작은
렌탈 영지와 연합을 했다고 하더군요. 하지만 조사해 본 바
에 의하면 그래 봤자 병사가 고작 일천팔백 명이었다고 합
니다. 그에 반해 테우신 백작 쪽은 자신의 병력만 그 두 배
가 넘는 데다가 지원군까지 있었다고 했는 데도 당했습니
다. 과연 그게 가능할까요?"

두 사람은 신경전을 벌이면서도 이번 전쟁에 관한 의견
을 나누고 있었다. 어쨌든 테우신이나 크롤이나 두 왕자와
도 어느 정도는 관련이 있었기 때문이다.

"아우는 어찌 된 게 나보다도 더 정보에 어두운 것 같군
그래. 자신이 거느리고 있는 귀족에게 일어난 일도 제대로
모르고 있으니 말이야."

"그건 또 무슨 말씀이십니까?"

바스티안의 말에 크리스티안이 놀란 얼굴로 되물었다. 한편으로는 자존심 상하는 말이기도 해서 더 다급한 어조다.

"사실은 그 지원군이 문제였다네."

"지원군이요? 어째서죠?"

바스티안은 크리스티안이 바짝 궁금해하는 모습을 보는 것이 너무도 즐거웠다. 그가 모르는 것을 자신만 알고 있다는 것이 왠지 뿌듯했다. 평소 자신에게 머리 나쁘다고 약을 올렸던 터라 그 쾌감은 더욱 컸다.

"크롤 백작이 그들을 매수해 버렸거든. 폭스단인지 뭔지 하는 천한 용병들이라 돈에 쉽게 넘어갔겠지. 그들을 먼저 매수한 다음 그들을 이용해 짐머만 자작을 사로잡아 그의 영지군마저 꿀꺽했다지, 아마?"

"그, 그럴 수가… 그 멍청한 놈이 결국 스스로 무덤을 판 꼴이로구나. 젠장! 그런데 형님께서는 그 사실을 어떻게 아신 겁니까?"

입에서 욕이 저절로 터지는 이야기였다.

그냥 자신의 영지군만으로 싸워도 충분했을 텐데 무엇 때문에 천하디천한 용병까지 고용한 것인지 도무지 납득이 가지 않았다. 게다가 어째서 저 얄미운 바스티안이 자신도 모르고 있던 그 사실을 알고 있는 것인지도 이해하기 힘들었다.

"너만 첩자들을 운용하는 것은 아니지. 나 역시 여기저기에 아무도 모르는 첩자들을 심어놓았거든. 아마 아우도 그 점을 명심해야 할 게야. 음흉한 그 속셈을 금방 들킬 수도 있을 테니까 말이야. 껄껄⋯⋯."

바스티안이 통쾌하다는 듯 웃으며 말하자 크리스티안의 표정이 더욱 우그러졌다.

사실 알고 보면 바스티안이 이런 정보를 알고 있는 뒤에는 소피아의 밤 그림자가 존재했다. 그들은 매우 은밀한 방법으로 비슷하지만 완전히 다른 정보를 은근슬쩍 약간 두 뇌가 모자란 일왕자 쪽으로 흘려보냈던 것이다.

크리스티안 쪽으로 보내면 약삭빠른 그가 이상한 눈치를 챌까 봐서다.

그 덕분에 지금 바스티안은 신이 났지만 이왕자는 지금 속으로 자신의 정보를 담당하고 있는 녀석을 잘근잘근 밟아줄 생각까지 했다. 그러면서도 간신히 이성을 되찾았다.

"끄응⋯ 좋습니다. 그렇다고 칩시다. 용병들과 짐머만 영지군까지 끌어들였다고 해도 그들만으로 테우신 성을 함락했다는 것은 믿기 어렵습니다. 그런 오합지졸로 견고한 성을 점령하기란 절대 쉬운 일이 아니었을 테니까요. 아

참, 크롤 백작에 대해서는 형님께서 아주 잘 아시겠군요. 한때 그를 거느린 적도 있으니까요. 그자가 그렇게 대단한 전략가입니까? 오합지졸을 동원해 테우신 성처럼 최첨단 방어 시설이 되어 있는 곳을 순식간에 차지할 정도로 말입니다."

"나도 그건 정확히 몰라. 하지만 크롤, 그자가 최근 들어 많이 성장한 것은 기정사실인 것 같네. 하긴 아직 젊은 친구니 그게 당연한지도 모르지. 게다가 렌탈 남작에게 패배당한 것도 무척 큰 충격이기는 했을 게야. 그것을 이기는 과정에서 더 단단해진 것일지도 모르지. 참, 그나저나 렌탈의 측근 가운데 소드 마스터가 존재한다는 이야기는 어떻게 생각하나? 이번에 그에 관한 이야기는 별로 없어서 말이야."

"그건 역시 애초 알려진 대로 부풀려진 소문임이 확실합니다. 솔직히 그런 시골 영지에서 뜬금없이 소드 마스터가 나타날 리가 있겠습니까? 말도 안 되는 소리지요. 그것보다는 이번 전쟁에서 갑자기 등장한 여전사가 왕국민들 사이에서는 가장 큰 관심사더군요. 그래 봤자 그냥 계집애일 뿐인데 말입니다."

두 왕자는 앙숙이면서도 서로 이런 대화를 나누며 은근히 정보를 교환했다.

훗날 뒤통수에 칼을 꽂을지언정 지금은 필요한 것을 알아내는 것이 낫다고 생각해서 벌어지고 있는 해프닝이었다.

그런데 그런 두 사람 사이에서 마침내 파비앙에 관한 이야기가 등장했다. 하긴 이미 왕국 전체에 퍼져 버린 소문이라 그리 대단한 일이라고 할 수도 없겠지만…

"그녀에 관한 이야기를 들어보니 검술 실력이 벌써 소드 익스퍼트 중급 수준에 도달해 있다더군. 이제 고작 열여섯 살밖에 되지 않았다는데 그 정도면 대단한 것 아닌가? 그냥 계집애라고만 치부할 여자는 아닌 것 같아."

"후후후… 형님, 만일 제가 그녀를 아내로 삼으면 어떨 것 같습니까? 미모도 엄청나다고 하니 그쪽으로는 꽤 관심이 생깁니다만……."

크리스티안의 음흉한 말에 바스티안의 표정이 잔뜩 찡그려졌다.

말은 별 볼 일 없는 여자라고 해놓고 그녀를 아내로 맞이해 요즘 그녀가 얻고 있는 명성과 인기를 이용할 심산임을 느낀 탓이다. 그야말로 얄미운 짓은 골라놓고 하는 아우답다는 생각이 들었다.

"도대체 그녀가 누구인지 알고 아내로 맞이하겠다는 겐가? 설마 왕자인 네가 아무 여자나 부인으로 삼으려는 것은 아니겠지?"

"그야 무슨 상관입니까? 출신이 천하면 그냥 첩으로 두면 되지요."

"끄응… 어디 네 마음대로 해봐라. 누구를 아내로 맞이하든 그건 네 자유일 테니 말이야. 대신 테우신 영지는 이제 공식적으로 크롤 백작에게 넘겨줘야 한다."

아무리 파비앙의 인기가 높다고 해도 그녀를 아내로 삼는다고 정세가 바뀔 리 없었다.

그랬기에 바스티안은 그 점은 넘어가 주고 대신 진짜 하고 싶은 이야기를 꺼냈다.

"어째서 크롤 백작에게 넘겨야 합니까?"

"지난번 우리가 맺었던 약속을 그새 잊은 게냐? 그 때문에 나도 분명 크롤 백작의 영지를 렌탈에게 넘겨주었잖은가. 그러니 아우도 약속대로 영지를 크롤에게 넘기는 것이 맞는 것 같은데……."

크롤은 한때 바스티안의 사람이었다.

그가 렌탈에게 패배한 이후로 쓸모가 없어져 버리기는 했지만 만에 하나 크롤이 테우신 영지를 차지하게 되면 또 이야기가 달라질 수 있었다.

그랬기에 바스티안이 지금 열을 올리는 것이다.

"그런 식으로 따진다면 테우신 영지는 렌탈 남작에게 주는 것이 옳습니다. 렌탈 남작이 패배자인 크롤 백작을 불쌍히 여기지 않았다면 이번 전쟁도 없었을 테니까요. 안 그래요?"

"빌어먹을… 아무튼 좋다. 렌탈이든 크롤이든 아우와는 상관없는 자들이니 그게 그거겠지. 그건 네 마음대로 해라."

"알겠습니다. 내일 아침에 등청해서 공식적으로 그 안건을 처리하지요. 이번 영지전에서 승리한 렌탈 남작이 테우신 영지를 정식으로 접수한다는 내용으로 말입니다. 그럼 되겠죠?"

"알겠다."

테우신 성을 점령하고 나서 밤에 소피아가 찾아왔을 때 숀은 이런 작전을 지시했었다.

바스티안에게 교묘한 정보를 흘려 테우신 영지가 자연스럽게 렌탈 남작 앞으로 떨어지게끔 말이다. 그리고 그 일은 이처럼 완벽하게 성공하고 있었다.

이제 숀과 그의 측근들은 중앙으로 진출할 수 있는 교두보를 마련한 셈이었다.

2

테우신 성에 혼자 남아 있는 숀은 몹시 심심했다. 하지만 그 덕분에 모처럼 자신의 내공을 점검해 볼 수 있었다.

"후아… 후아… 후……."

그는 합장한 자세로 눈을 감은 채 연공실의 허공 한복판에 둥둥 떠서는 길게 심호흡을 하고 있었다.

그러다가 어느 순간 갑자기 눈을 떴다.

번쩍… 슈숙~ 파지직!

그러자 놀라운 일이 벌어졌다. 그의 눈에서 마치 번개가 쏘아져 나가는 것 같은 빛이 번쩍이더니 그것이 그대로 날아가 연공실의 벽에 구멍을 뚫어버렸던 것이다.

만일 이 빛이 사람을 향했다면 그대로 터져 버리고도 남았을 만큼 무시무시한 위력이다.

"대적할 상대는 눈을 씻고 찾아보아도 없건만 나의 내공은 나날이 늘어나고만 있구나. 이제 내가 가지고 있는 내공의 힘이 어느 정도인지 나조차도 가늠할 수 없을 지경이다. 아무래도 조만간 그곳을 찾아가 봐야겠구나. 일단 왕국 안의 일을 정리하고 넓은 대륙으로 나가보자."

숀은 허공에 뜬 상태로 독백을 했다.

사실 과거 중원 무림에서도 이처럼 공중 부양 한 상태로 내공을 연마할 수 있는 고수는 거의 없었다. 그런 데다가 그 상태로 말까지 할 수 있는 사람은 아예 없다고 해도 과언이 아니었다. 이제는 그곳에서 고금제일인으로 군림했던 그가 없기 때문이다.

그만큼 초인들이 존재하고 있는 중원에서도 독보적이었던 그가 그곳보다 무공 능력이 한참 뒤떨어져 있는 이곳에서야 오죽했겠는가.

"하지만 적이 없다는 외로움 빼고는 이곳에서의 삶은 대체적으로 만족스럽다. 특히 이제 나에게도 그녀들이 있지 않은가. 으흐흐흐……."

휘청~ 슈우욱~!

무슨 생각을 한 것인지 쇤의 얼굴이 빨개지며 입가에 침이 고였다.

그 바람에 그의 신형이 갑자기 바닥으로 곧장 떨어져 내렸다. 그것도 거꾸로 말이다.

만일 이대로 떨어지면 큰일 날 수도 있었다. 왜냐하면 이 연공실의 바닥은 특이하게도 강철로 만들어졌기 때문이다. 그의 머리가 아무리 돌이라고 해도 강철에 부딪히면 깨질 수도 있었다.

일반적인 상식대로라면 말이다. 그런데…

쿵! 빠지지직…

그의 능력이라면 완전히 떨어지기 전에 곧장 다시 위로 올라갈 수 있었다.

하지만 워낙 희한한 생각을 하던 중이라 그런지 그는 미처 떠오르지 못하고 머리통을 강철 바닥에 정통으로 부딪혔다.

그러자 정녕 어이없고 기가 막힌 상황이 벌어졌다. 강철로 된 바닥이 그의 머리통이 닿은 부분부터 그 주변까지 깨져 버렸던 것이다. 그로 인해 연공실의 바닥은 흉측하게 변해 버렸다.

누군가 이곳에서 연공을 하려면 불편할 정도다.

"이런, 강철로 만들어져 있어서 조금은 안심을 했더니…쩝! 일단 다시 되돌려 놓아야겠구나."

손은 선 채로 물끄러미 망가진 바닥을 내려다보고 있다가 중얼거리고는 강철 바닥에 자신의 장심을 바짝 대더니 갑자기 큰 소리를 내지르며 손바닥에 강력한 내공을 주입했다.

"열화신공(熱火神功)! 타핫!"

화르르… 스스스스…

그러자 정녕 경악할 만한 일이 벌어졌다.

망가져 있던 강철 바닥이 벌겋게 달아오르다가 녹기 시작한 것이다. 강철이 녹으려면 실로 엄청난 열이 필요하다. 그는 무공의 힘으로만 그처럼 엄청난 열을 발생시키고 있었다.

아무튼 그런 현상을 잠시 바라보던 손이 또다시 소리를 질렀다.

"냉혈수(冷血手)!"

슈슈슉~ 샤샤샤샥!

그러더니 새하얗게 변해 버린 손으로 녹고 있던 바닥을 쓰다듬기 시작했다. 그로 인해 순식간에 바닥이 원래의 모양을 되찾아갔다.

누가 이 모습을 보았다면 그대로 기절할 만큼 경이로운 장면이다.

"역시 나는 수평 수직 개념이 확실하다니까. 히히……."

그는 자신이 만들어놓은 작품을 감상하듯 그것을 바라봤다.

정신 연령이 육십 대인 노인네치고는 참으로 한심한 수준의 생각이다.

"새벽부터 일어나 오랜만에 연공을 했더니 배가 고픈 것 같군. 이제 나가서 뭘 먹어야겠어."

손 정도의 무공 고수는 먹지 않아도 충분히 살 수 있다.

허공 중에 떠다니고 있는 수분과 영양분을 흡수할 수 있기 때문이다.

하지만 희한하게도 손은 다른 무공의 고수들과는 달리 중원에 있을 때부터 식탐이 많았다. 지금도 먹는 즐거움이 없다면 살맛이 안 난다고 생각할 정도다. 그런 그였기에 연 공실의 문을 나서자마자 쏜살같이 식당으로 향했다.

끼이익…

그런데 그때 그런 그의 앞을 누군가가 가로막았다.

"어머, 주군. 어디를 그렇게 열심히 뛰어 가시나요?"

"아, 소피아 작전대장 아니시오? 벌써 돌아온 게요?"

이틀 전 이런저런 일 때문에 성을 나갔던 소피아였다.

그녀를 발견하자마자 숀은 언제 침을 흘리며 식당을 향했던 사람인지 모를 정도로 안면을 싹 바꾸고 있었다.

몹시도 점잖고 우아한 사람처럼 말이다.

"왜요? 제가 너무 일찍 와서 싫으세요?"

소피아가 새침한 표정을 지으며 묻자 숀이 아니라는 듯 고개를 절레절레 흔들며 너스레를 떨었다.

"천만에! 내가 왜 예쁜 소피아 대장이 왔는데 싫겠소? 오히려 반가워서 죽을 지경이오."

실제로 그는 그녀가 온 것이 좋았다.

특히 지금은 파비앙도 없었기에 눈치 볼 일도 없지 않은가. 그러니 더욱 신이 날 수밖에…

"호호호… 말씀이라도 그렇게 해주시니 지난 이틀 동안의 노고가 싹 가시는 것 같네요."

"일은 잘 처리한 것이오? 아 참, 우리 이곳에서 떠들지 말고 지금 바로 집무실로 갑시다. 거기서 편히 쉬며 이야기를 나누는 것이 낫지 않겠소?"

"좋아요. 그렇지 않아도 차 한 잔이 간절했는데… 주실 거죠?"

"그야 얼마든지."

그녀와 단둘이 있는 것도 당연히 좋겠지만 숀이 그녀를 집무실로 이끌고 가려는 데는 다 이유가 있었다.

아무리 이곳이 자신의 영역이라지만 그녀의 입을 통해 듣고 싶은 이야기가 워낙 극비 사안이라 보안을 유지하기 위해서다.

병사들이 알았다가는 은연중 소문을 통해 중요한 내용이 새나갈 수도 있었다.

"어서 이야기해 보시오. 궁금하오."

"음… 좋은 소식과 나쁜 소식이 있는데 어느 것부터 말씀 드릴까요? 참고로 좋은 소식은 두 가지예요."

숀이 보채는 것이 재미가 있었는지 소피아는 일부러 말을 돌렸다.

어차피 전해주어야 하는 내용이지만 자신도 고생을 한 만큼 바로 알려주는 것은 왠지 아깝다는 생각이 들었던 모양이다.

"나쁜 소식부터 말해주시오. 그게 더 급할 수도 있을 테니까."

"나쁜 소식은 지금 렌탈 영지 쪽에서 드디어 들개파가 움직이기 시작했다는 점이에요. 그들은 이제 병사로 변해 버린 무장 조직원 사백여 명을 선두로 해서 오크 전사 열다섯 마리, 오크 주술사 열다섯 마리, 그리고 미노타우로 열일곱 마리, 마지막으로 고블린 오십 마리를 동원한 채 지금 렌탈 영지의 북서쪽으로 움직이고 있다고 해요."

수치상으로 보면 그야말로 어마어마한 대부대이다.

사람의 숫자는 별것 아닐 수도 있었지만 몬스터의 규모가 장난이 아니었다. 소피아는 이 보고를 듣고 나면 천하의 손이라고 해도 분명 놀랄 것이라고 예상했다.

"흐음… 생각보다 많군. 그럼 이제 좋은 소식을 말해보시오."

"어머, 주군. 렌탈 영지가 걱정되지도 않으세요? 설마 이대로 그냥 지켜보실 생각은 아니시겠죠?"

손이 너무 태연하게 다음 소식을 들으려고 하자 오히려 소피아가 더 안달이 났다.

그녀는 손이 최소한 테우신 영지에 남아 있는 병사들이라도 지원군으로 보낼 것이라고 예상했었다. 그러니 더 기가 막힐 수밖에…

"그곳에도 영지를 방어할 수 있는 병력은 있잖소. 우리는 지금 대업을 이루어야 하는 과정이오. 이럴 때는 각자 맡은 역할을 최대한 제대로 해내야 하지. 나는 그들을 믿고 있소. 특히 아직 어리지만 앞으로 렌탈 영지를 이끌어갈 마하엘을 말이오."

"네에? 마, 마하엘이라면 그 꼬맹이? 웁스! 아 참, 꼬맹이는 아니지만… 아무튼 그는 아직 어리잖아요?"

소피아는 넋을 놓고 말았다.

숀의 대답이 너무나 어이가 없었던 탓이다. 이제 겨우 솜털도 가시지 않은 열세 살 소년에게 렌탈 영지의 운명을 맡기겠다니… 그야말로 그곳에 나타났다는 고블린이 배꼽 잡고 쓰러질 이야기였다.

Chapter 13

좋은 소식과 나쁜 소식

건들면죽는다

1

　얼마나 속이 타고 답답했던지 소피아는 연속적으로 세 잔의 차를 들이켰다. 꽤 뜨거운 데도 잘도 마셨다.

　사실 알고 보면 그녀는 렌탈 영지와 아주 밀접한 관계는 아니다. 하지만 자신이 좋아하게 된 손에게 중요한 곳이라 이처럼 그녀가 더 안달을 하는지도 몰랐다.

　"열세 살이면 어린 나이는 아니오. 예전 내가 살던 곳에 서는 사내 나이 열 살만 넘으면 장가도 갔다오."

"네에? 아니, 대체 주군께서는 어디서 살아보셨기에 그런 말씀을 하세요? 저도 나름 대륙의 정세에 밝다고 자부하지만 그렇게 빨리 조혼을 하는 왕국은 못 들어본 것 같은데요?"

소피아의 말에 숀은 속으로 아차 싶었다.

그는 무의식중에 중원의 풍습을 이야기했던 것이다.

물론 이 대륙에도 조혼 풍습은 있다. 전쟁이 일어나거나 전염병이 도는 일이 흔했기에 그럴 수밖에 없었다.

하지만 아무리 빨리 결혼을 한다고 해도 남자아이들이 열세 살 이전에 혼인을 하는 경우는 없었다.

"커흠… 그렇다고 하면 그런 줄 알 것이지 아녀자가 뭘 그렇게 따지는 거요? 아무튼 내가 하고 싶은 말은 마하엘이 그렇게 어리기만 하지는 않다는 것이오. 그리고 녀석에게는 비장의 무기가 있소."

"비장의 무기라면 혹시……."

"맞소. 스톰 와이번 끼루야말로 정말 무서운 녀석이지. 그렇게만 알면 되오. 자, 그럼 이번에는 좋은 소식을 말해 보시오."

아무리 소피아가 정보에 밝고 아는 지식이 많다고 해도 스톰 와이번에 관한 내용에 대해서는 무지했다.

그것을 숀도 알고 있기에 적당한 선에서 이야기를 끊었

다. 여기서 만일 끼루에 대한 설명을 하게 되면 이야기가 너무 길어질 수도 있었던 것이다.

그리고 그녀는 과연 현명했다. 숀이 무슨 생각으로 이런 말을 하는지 금방 눈치챘기에 그에 대한 이야기는 더 이상 하지 않았다.

"첫 번째 좋은 소식은 일왕자 바스티안이 계략에 말려들어 우리가 흘려보낸 정보를 덥석 물었다는 점입니다. 그는 그 정보를 이용할 생각으로 이왕자 크리스티안을 만났고 주군께서 애초 예상했던 대로 극적인 타협을 보았습니다."

"극적인 타협이라면?"

"이번에 우리가 차지한 이곳 영지를 렌탈 남작에게 고스란히 주겠다는 내용의 타협이지요. 원래 바스티안은 이 영지를 한때 자신의 사람이었던 크롤 백작에게 주고 싶어 했지만 이왕자의 반대 때문에 어쩔 수 없이 렌탈 남작에게 줄 수밖에 없었다고 합니다."

놀랍게도 소피아는 바로 어제 두 왕자가 협의했던 내용을 그 자리에서 들은 것처럼 정확히 알고 있었다. 이것은 그만큼 밤 그림자의 정보력이 날로 높아지고 있음을 뜻했다.

그것이 숀도 신기했던지 얼른 질문을 던졌다.

"허허… 어느 정도 예상했던 이야기이기는 하지만 대체

당신은 그 정보를 어디서 입수한 거요? 혹시 왕궁 안에도 첩자를 심어놓았소?"

"호호… 그건 저희의 영업 비밀이에요. 그것을 다 알려드리면 저는 무엇으로 먹고살라고요? 너무하신 것 아니에요?"

숀의 질문에 소피아는 농담처럼 슬쩍 넘어갔다.

만일 숀이 끝까지 물어본다면 대답하지 않을 수 없겠지만 그는 결코 그러지 않았다. 방금 전 그녀가 적당한 선에서 한발 물러선 것처럼 말이다.

"거참, 미안하게 됐소. 앞으로 그런 일은 묻지 않으리다. 그럼 이제 두 번째 좋은 소식을 알려주시오. 대충 짐작은 되지만 기왕이면 그대의 입을 통해 자세히 들어보면 좋을 것 같소."

"주군의 짐작대로예요. 우리 불멸의 기사단이 오늘 아침 드디어 짐머만 성을 점령하는 데 성공했어요. 전투를 시작한 지 정확히 하루 만에 이룬 쾌거죠."

아름다운 소피아가 이야기하는 모습은 언제 보아도 질리지 않았다.

그녀의 목소리는 맑고 영롱했으며 무엇보다 말투가 또렷하고 세련되어서 더욱 그랬다. 그래서인지 숀은 일부러 더 그녀로 하여금 많은 말을 할 수 있게 유도하고 있었다.

"좀 더 자세히 설명해 보시오. 어떻게 해서 전투가 시작됐고 어떻게 성을 점령했는지 말이오."

"처음에는 파비앙 아가씨의 기지로 시작되었지요. 하마터면 적의 함정에 걸려들 수 있었는데 다행히 노련한 렌탈 남작께서 그것을 눈치챘거든요. 그렇지만 그 함정을 깨는 방법은 파비앙 아가씨의 두뇌에서 나왔어요. 그래서……."

소피아의 이야기는 마치 현장에서 보고 설명해 주는 것처럼 자세하면서도 실감이 났다. 그만큼 그녀의 말솜씨가 보통이 아니라는 뜻이다.

그녀는 우선 파비앙으로 인해 손쉽게 승리했던 첫 전투부터 설명을 해주었고 이후 그 기세를 몰아 함정을 준비했던 짐머만 영지군을 거의 모두 사로잡은 일도 생생하게 전해주었다. 그로 인해 짐머만 성 안에 있던 사람들은 이미 겁을 잔뜩 먹을 수밖에 없었고 결정적인 순간에 성안에서 민란까지 일어나며 적들은 지리멸렬할 수밖에 없었다고 한다.

시간이 하루가 걸린 이유도 파비앙의 의견 때문이라고 했다.

"아가씨는 곧장 성안으로 들어가는 것보다는 밖에서 허장성세(虛張聲勢)를 부려 성안에 있는 사람들을 불안하게 만들자고 했다고 합니다. 그 바람에 결국 성안에 있던 그곳 영지민들이 난을 일으켰던 것이지요. 정말 놀랍지 않아요? 이제 겨우 열여섯 살 소녀가 누가 가르쳐 준 것도 아닌데 그런 책략을 생각해 내다니 말이에요. 이 이야기를 전해 듣고 저도 요즘 세간에 떠돌고 있는 그녀에 관한 소문이 사실이 아닐까 싶은 생각까지 들더라니까요."

"세간에 떠돌고 있다는 소문이란 게 뭐요?"

소피아의 이런 말에 손이 바짝 다가앉으며 노골적인 호기심을 드러냈다.

어쨌든 그가 가장 사랑하고 있는 여인에 관한 이야기가 아니던가.

그게 무엇이든 간에 무조건 궁금할 수밖에 없었다.

"그녀가 전생에 '헤페로른'이었다는 소문이 있거든요."

"헤페로른? 그건 또 누구요?"

"어머, 주군께서는 정말 그분이 누구인지 모르신다는 말이에요?"

생판 들어보지도 못했던 사람을 어찌 알겠는가.

아무리 눈치 빠른 손이라고 해도 그건 불가능했다. 하지만 소피아의 반응으로 보아 몹시 유명한 인물인 것 같기는 했다.

"나는 어린 시절부터 산속에서만 생활해 왔소. 약초에 관한 일이라면 누구에게도 뒤지지 않겠지만 사람에 관한 것은 아는 것보다는 모르는 것이 많다오."

"아, 그러셨군요. 죄송해요. 그런 것도 모르고……."

"당신이 미안할 일이 어디 있소? 그런 말 하지 말고 어서 그가 누구인지나 이야기해 보시오."

짧은 한마디였지만 소피아는 코끝이 찡해지는 기분을 맛보았다.

언제나 태연하고 밝은 모습만 보여주었던 숀에게 그런 과거가 있을 줄은 꿈에도 생각해 보지 못했던 것이다. 돌이켜 보니 그를 사랑한다고 생각하면서도 그에 관해 아는 것이 거의 없다는 것을 깨달았다.

그녀의 그런 감정을 느꼈는지 숀이 얼른 화제를 돌렸다.

"헤페로른은 오백 년 전 전투의 신이라고 불렸던 사람이에요. 특히 그는 소수 정예를 이끌고 대부대를 격파하는 것으로 유명했죠. 본인의 검술 실력도 대단했지만 그의 적들은 그가 가지고 있는 지략 때문에 더 겁을 먹었다고 해요. 지금 파비앙 아가씨가 그와 매우 흡사한 모습을 보여주고 있거든요. 그래서인지 말하기 좋아하는 사람들이 그녀를 헤페로른의 환생이라고 떠드는 것 같아요."

"젠장… 그렇게 사랑스럽고 아름다운 소녀를 두고 사내의 환생이라고 떠들다니… 마음에 안 드는군."

어찌 보면 극찬이라고 할 수 있는 소문이었지만 숀은 대뜸 그렇게 투덜거렸다.

자신이 사랑하고 있는 여자가 남자의 환생이라는 그 자체가 마음에 들지 않았던 것이다.

그리고 그의 그런 모습을 보고 소피아는 웃고 말았다.

'호호… 아무튼 이분은 참 재미있어. 확실히 보통 사람과는 차원이 다른 것 같아. 하긴 그래서 내 마음도 빼앗아간 것이겠지만… 하아… 그나저나 이렇게 되면 오늘 또 파비앙 아가씨에게 진 것이 되는 건가? 언제쯤 나도 저분에게 사랑을 받을 수 있을까? 무심한 사람……'

그녀의 속은 이처럼 새까맣게 타들어가고 있었다.

알고 보면 숀도 그녀를 좋아하고 있었지만 아직 그것을 전혀 모르고 있었기 때문이다.

그래서 더 안타까운 여심이었다.

2

슉~ 슈슉~!

츄스론 마을을 가로지르는 검은 그림자가 있었다.

이쪽 담 모퉁이에 있는가 싶으면 어느새 건너편에 있는 건물을 끼고 도는 그 그림자는 빨랐다.

빨라도 어찌나 빠르던지 사람들이 두 눈 멀쩡히 뜨고 있는 데도 그 그림자가 지나가는 것을 선뜻 인식하기 힘들 정도다.

그렇게 그림자는 쉴 새 없이 달리다가 마을 어귀쯤에 있는 마구간 앞에서 멈추었다.

"저… 죄송합니다만 손님, 이곳은 말을 파는 곳이 아닙니다. 그러니 어서 돌아가 주십시……."

"나는 욜라다."

놀랍게도 눈부시게 움직였던 그림자의 정체는 바로 욜라였다.

"헉! 충성! 몰라뵈서 죄송합니다! 금방 말을 대령하겠습니다!"

그녀가 마구간 앞에 멈춰 서자 마구간지기가 나와서 그녀를 그냥 보내려 했지만 이름을 듣는 순간 태도가 백팔십도로 변하더니 부랴부랴 하얀 백마 한 마리를 끌고 나왔다.

"수고해라."

두두두두~!

"네! 제 이름은 타우산입니다. 다음에 또 들려주시면 영광이겠습니다!"

타우산이라는 자는 욜라가 이미 마을 밖에 있는 숲 속으로 사라져 버렸는 데도 고개를 숙인 채 움직일 줄을 몰랐다. 그런 그의 태도 속에는 극한의 존경심이 엿보이고 있었다.

"이쯤이면 충분하겠구나. 워어어~!"

히이잉~ 푸르륵~!

타우산이 그러거나 말거나 아무런 관심도 없어 보이는 욜라는 숲 속으로 더욱 깊이 들어가다가 큰 동굴 하나를 발견하고는 그 앞에 말을 세웠다.

그러고는 그 앞에 주저앉더니 품속에서 봉투 같은 것을 꺼내어 그 안에 들어 있던 것을 펼쳐 읽기 시작했다.

"어머, 이건 형의 필체 같은데… 새삼스럽게 나에게 편지를?"

처음 부분에는 그저 '욜라에게' 라는 것만 쓰여 있었다.

그런 데도 그녀는 괜히 가슴이 두근거리기 시작했다.

행여 손이 자신에게 쑥스러워서 말로 하지 못했던 이야기라도 쓴 것이 아닐까 싶었기 때문이다.

세상에서 그녀의 차가운 마음을 이렇게라도 움직일 수 있는 사람은 그가 유일했다.

시간이 없을 것 같아 이렇게 글로 남겨본다.

지난번 일도 그렇고 매번 너에게만 힘든 일을 시켜서 몹시 미안하구나. 해서 그 보답으로 하나의 은신술을 알려주겠다. 이것은 이제는 세상에 존재하지 않으시는 나의 스승님께서 남기신 최고의 은신술이니 최대한 빨리 암기하고 이 서찰은 태우기 바란다.

은신술의 이름은 인비저블 걸(Invisible Girl : 투명 소녀)이다.

원래는 이름이 없었는데 내가 너에게 줄 생각으로 이런 이름을 붙여보았지.

쉽게 해석을 해놓아서 너의 능력이라면 삼 일 내로 익힐 수 있을 거라 생각한다.

내가 지시한 곳으로 가는 동안이면 충분하다는 뜻이지.

그럼 건투를 빈다.

손이.

편지의 서문에는 간단한 설명이 쓰여 있었고 이후부터는 대륙에서 가장 신비하다는 그림자 인간 욜라마저도 입을 딱 벌리게 만드는 놀라운 내용이 기록되어 있었다.

"세, 세상에… 어떻게 이런 수법이 존재할 수가 있지? 가만… 그리고 보니 형이 전에 나의 마나를 높여준 것도 실은 이것을 익히게 하려고 미리 선수 친 것 아닐까? 지금 정도의 마나가 없으면 아예 흉내조차 낼 수 없는 수법이라니……."

현재 욜라의 마나 수준은 거의 소드 마스터급에 육박하고 있었다.

그건 다 전에 손이 그녀의 혈맥을 뚫어준 데다가 어느 정도의 내력을 불어넣어주었기에 가능한 성취였다.

이대로 조금만 더 시간이 지난다면 그녀의 능력은 소드 마스터에 오를 수도 있었다.

누구보다 자신의 변화를 잘 알고 있는 율라인지라 더욱 손을 존경하고 있었다.

전혀 표현은 한 적이 없지만 말이다.

어쨌든 그만큼 높은 마나를 보유하지 못하고, 율라 정도의 초절정 은신술을 사용할 수 없는 사람은 절대 이 편지에 기록되어 있는 인비저블 걸(Invisible Girl)이라는 유치한 이름의 수법을 익힐 수 없었다.

"휴우… 아무튼 형은 정말 무서운 사람이야. 꼭 이런 식으로 사람을 옭아맨다니까. 하지만 그렇다고 굳이 사양할 필요는 없겠지. 이것만 익힌다면 대륙을 통틀어서 이제 나를 찾을 수 있는 인간은 없을 테니까. 그게 설혹 소드 마스터라고 해도 말이야. 형이라면 또 모르겠지만……."

이미 율라는 손의 능력이 소드 마스터보다 한참 위라는 것을 알고 있었다.

그게 얼마만큼 높은 수준인지는 가늠할 방법이 없었지만 최소한 대륙에서 그가 최강이라는 것은 진작부터 인정하고 있었다. 그랬기에 이 편지의 내용이 더욱 값어치 있게 다가

왔다.

어쨌든 그녀는 그렇게 주저앉은 상태로 약 두 시간 정도 꼼짝도 하지 않은 채 정신을 집중했다.

그러다가 어느 순간…

팟!

갑자기 그녀의 모습이 시야에서 퍽 꺼져 버렸다.

이런 솜씨는 지금까지 숀 말고는 보여준 사람이 없었던 놀라운 것이었다.

그렇다면 그녀는 벌써 인비저블 걸(Invisible Girl)을 자신의 것으로 만들었다는 말인가?

아직 정확히 확인할 수는 없었지만 뭔가 능력이 훨씬 더 발전한 것은 분명해 보였다.

"역시 형이야. 나의 마나 운용 방법까지 알고 계셔서 그런지 정말 나에게 맞춘 방법이라는 생각이 들 정도로 익히기 쉽게 해석해 놓으셨네. 그런데 대체 그 괴물 형의 스승이라는 사람은 누구일까? 모르긴 몰라도 절대 인간은 아닐 거야. 전설 속에 등장하는 하이 엘프나 드래곤이 아니고서는 그런 괴물을 만들어낼 수 없을걸? 하아… 나중에 물어보면 알겠지. 일단 이것부터 없애 버리자."

다시 모습을 드러낸 욜라는 숀이 주었다는 편지를 태우기 위해 바닥에 불을 피웠다.

어차피 오늘 밤에는 이곳에서 머물러야 할 것 같아 아예 야영 준비를 겸한 것이다.

"가만… 어쨌든 이건 형이 나를 위해 기록해 주신 편지잖아? 이것을 그냥 태워 버리기에는……."

막상 편지를 불 속에 넣으려고 하니 왠지 찜찜했다.

그녀에게는 이런 편지가 난생처음이었던 것이다.

그래서인지 편지를 든 채 한참 고민하던 그녀는 잠시 주변을 살펴보더니 아무도 없다는 것이 확인되자 갑자기 웃통을 훌렁 벗었다.

그렇게 드러난 그녀의 속살은 실로 눈부셨다. 단지 아쉬운 것은 평소 빠르게 움직여야 하는 직업 때문에 가슴을 천으로 꽁꽁 싸매고 있다는 점이었다.

그런 데도 웃옷을 벗고 있는 그녀에게서는 실로 강렬한 유혹이 흘러나오고 있었다.

여전히 얼굴은 복면 속에 가려져 있는 데도 그 아름다움은 빛을 잃지 않았다.

"이것을 그 누구에게도 빼앗기지 않으면 될 것 아니겠어? 그리고 나는 절대로 잃어버리지 않을 자신도 있거든. 호호……."

그녀가 웃옷을 벗은 이유는 손이 준 편지를 그 옷 속에 아예 실로 꿰매놓기 위해서다.

이렇게 해놓으면 옷을 빨 때마다 편지를 뜯었다가 다시 꿰매는 불편을 겪을 수밖에 없지만 그녀는 그런 것에는 전혀 아랑곳하지 않았다.

그녀는 그 작업을 끝내더니 이후 밤을 새워서 머릿속에 외우고 있는 인비저블 걸을 더욱 심도 깊게 연구했다.

마나 수련과 함께 말이다.

짹짹… 짹짹짹…

"후우… 벌써 아침이로군. 그럼 이제 슬슬 형이 지시한 대로 움직여 볼까? 받은 게 있으니 확실하게 갚아줘야지."

시끄러운 산새들의 울음소리에 눈을 뜬 그녀는 단 한숨도 자지 않았건만 전혀 피곤해 보이지 않았다.

그건 바로 마나 수련의 효능 탓이다.

밤새 열심히 마나를 수련했기에 오히려 컨디션은 어제보다 좋았다. 그래서인지 말에 올라탄 그녀는 기운차게 외쳤다.

"가자~ 끼럇!"

탁~!

두두두두~!

그녀가 어디로 가는지는 아직 모른다.

다만 한 가지 확실한 것은 손이 뭔가를 지시했고 그녀는 그것을 위해 열심히 달린다는 점이다. 그리고 더욱 실력이 향상된 그녀가 가는 이상 그곳에서는 더욱 재미있는 일이 일어날 것 같았다.

Chapter 14

기세등등

건들면죽는다

1

크롤 백작의 영지나 렌탈 남작의 영지가 있는 곳은 중앙
에서 꽤 많이 떨어져 있는 시골이라고 할 수 있었다.

어떻게 보면 그렇기 때문에 공기도 맑고 자연환경도 좋
아 살기에는 더 나을 수도 있었다.

그러나 악의 무리가 설치게 되면 오히려 더욱 무서울 수
밖에 없었다.

뿌우우우~!

캬아아아~!

그들은 시골 새벽의 적막을 깨며 고막이 찢어질 것 같은 뿔피리 소리와 함께 나타났다.

무시무시한 몬스터의 포효도 그 뒤를 이었다.

단지 그것만으로도 렌탈 영지 인근에 있던 자유 마을 퐁네는 공포에 젖어들었다.

"우리는 들개파다. 오늘부터 우리가 이 지역을 접수하겠다. 마을 주민들은 모두 나와 우리를 경배하라."

"우와! 우와!"

마을 주민들은 자다가 일어나서 공포에 떨고 있다가 이런 말이 들려오자 어찌할 바를 몰라 했다.

"여보, 어떻게 해야 하죠? 나가야 하는 것 아니에요?"

"일단은 기다려 봅시다. 들개파라면 흉악한 약탈자 무리들인데 괜히 먼저 나갔다가 크게 봉변을 당할 수도 있지 않겠소? 아마 이제 곧 마을 자경대가 나설 것이니 최대한 버티는 게 나을 거요."

들개파가 들어선 마을 초입에는 결혼한 지 이제 겨우 한 달밖에 되지 않은 신혼부부가 살고 있었다.

사실 이 퐁네 마을은 원래 크롤 영지 소속이었다.

하지만 본 성과 워낙 거리가 떨어져 있는 데다가 혜택은 별로 받지 못하면서 세금만 뜯기게 되자 이처럼 자유 마을로 독립을 해버렸던 것이다.

이 신혼부부는 그런 자유로움이 마음에 들어 크롤성 안에 살고 있다가 결혼과 동시에 이곳으로 이사 온 상황이다.

그런데 신혼의 달콤함도 제대로 맛보기도 전에 무서운 재앙 앞에 놓이게 되었다.

"다시 한 번 말하겠다. 모든 주민들은 당장 나와서 우리를 경배하라. 그렇지 않으면 크게 후회할 것이다."

"……"

들개파의 누군가가 다시 이렇게 외쳤건만 여전히 마을 사람들 중에 밖으로 나오는 사람은 없었다.

자유 마을인만큼 스스로 마을을 지키기 위해 들개파가 와 있는 곳 앞쪽에 목책이 세워져 있기는 했다.

어쩌면 그것을 믿고 버티고 있는 것인지도 모른다.

"보스, 아무래도 무력으로 밀어붙여야 할 것 같습니다. 명령을 내려주십시오."

"5분만 더 기다려 보겠다."

마을이 여전히 쥐죽은 듯 고요하자 한때 라이온파의 보스였던 파슬레가 멘체스터에게 다가와 건의를 했다. 그러나 멘체스터는 미동도 하지 않은 채 잘라 말했다. 누구도 감히 범접하기 힘든 카리스마다.

"알겠습니다."

"어떻게 할까요? 대장님. 우리만으로 마을을 지키는 것은 불가능할 것 같습니다. 이대로 마을을 버리고 일단 렌탈 영지까지 후퇴하는 것이 어떻겠습니까?"

"휴우… 내 생각도 그렇다. 하지만 갑자기 우~ 하고 도망을 치다가는 모두 금방 잡히고 말 것이다."

들개파의 이런 모습을 지켜보고 있는 눈동자들이 있었다.

그들은 목책 위의 초소에 숨어 있던 자경대 무리였다.

자경대라고 해 봤자 인근에 있는 짐승들과 소규모 몬스터에 대항하기 위해 조직한 민간 부대인지라 그 숫자는 모두 스무 명이 채 되지 않았다.

그에 반해 들개파는 그 끝이 보이지 않을 만큼 엄청난 숫자였다.

그래서인지 대원 한 명이 후퇴하자는 의견을 내놓았다.

대항한다고 해서 이길 수 있는 방법이 없는 이상 조금이라도 빨리 도망가는 것이 상책이라고 생각한 모양이다.

그러나 자경대장은 그의 의견에 동조하면서도 난색을 표했다.

"그럼 어떻게 합니까? 이대로 있다가는 저 흉악한 놈들에게 무슨 짓을 당할지 모릅니다. 빨리 뭔가 조치를 취해야 합니다."

"이보게들, 우리가 비록 정식 군인은 아니지만 마을 사람들을 지키기 위해 스스로 지원한 자경대원이네. 차라리 우리가 희생하는 것이 어떻겠는가?"

갑자기 대장이 희생을 운운하자 대원들은 놀란 표정으로 일제히 그를 쳐다보았다. 무슨 뜻인지 알 수 없었기 때문이다.

"무슨 희생을 하자는 말입니까? 설마 저 무지막지한 자들에게 돌격이라도 하겠다는 말씀은 아니겠지요?"

"당연히 아니지. 대신 우리가 저들의 시선을 끈 다음 마을 사람들과는 완전히 다른 방향으로 도망치자는 걸세. 그 사이 우리 식구들은 렌탈 영지로 후퇴하는 거지."

"아, 그것 참 좋은 생각인 것 같습니다. 당장 그렇게 하지요."

"저도 찬성입니다."

과연 자경대 사내들은 용감하면서도 책임감이 있었다.

그들은 가족과 마을 사람들을 위해 자신들은 죽어도 상관없다고 생각하는 것 같았다.

그게 자경대장의 눈시울을 뜨겁게 만들었다.

"내 다시 태어나도 자네들 같은 사내들과 함께 만났으면 좋겠군. 좋아, 그럼 어서 발이 빠른 마이클은 마을 사람들에게 이 작전을 전달하게. 마을 사람들이 후퇴를 시작하면 바로 종을 울리도록."

"알겠습니다!"

모두의 대답과 함께 마이클이라는 젊은 청년이 마치 다람쥐처럼 목책을 내려가 마을 쪽으로 내달렸다.

물론 들개파의 시선을 피해서다.

그 모습을 지켜보던 자경대장이 다시 입을 열었다.

"이제 우리도 준비하세. 일단 목책 문 뒤에 숨어 있다가 종이 울리면 적들을 약 올린 다음 오른쪽 방향으로 무조건 달리는 거네. 어서 서두르세."

"네, 대장님!"

대장의 명령이 떨어지자 자경대원들이 몰래 목책을 내려갔다.

그러고는 근처에 있던 자경대 마구간에서 각자의 말을 끌어왔다.

여기까지는 평소 훈련이 되어 있어서 그런지 능숙하면서도 은밀했다.

들개파가 전혀 눈치챌 수 없을 정도로 말이다.

그리고 어느 순간 마침내 종이 울렸다.

땡땡땡!

"지금이다! 어서 나가자!"

끼기기긱!

"이랴!"

두두두두~!

동시에 자경대장의 명령이 떨어졌다. 그러자 대원들이 목책 문을 활짝 열고 곧장 앞으로 내달렸다.

"뭐 먹을 것이 있다고 이곳까지 온 것이냐? 이 호래자식들아!"

"저, 저, 저 새끼가 뒈지려고 환장을 했구나! 무엇들을 하는 게냐? 어서 잡아라!"

그들은 작전대로 들개파 대원들을 약 올린 다음 동쪽을 향해 냅다 달리기 시작했다.

그것을 보고 흥분한 라이온파 수장 파슬레가 신경질적으로 명령을 내렸다. 그런데…

"모두 멈춰라! 활을 이리 주도록."

"네, 보스!"

아무 말도 없던 멘체스터가 수하들에게 멈추라고 하더니 옆에 있던 자에게 활을 요구했다.

그러자 그자가 잽싸게 활을 건네주었고 멘체스터는 그 활에 살을 먹이더니 천천히 들어 올렸다.

여기까지는 몹시 느린 것 같았지만 첫 번째 화살이 날아간 이후부터 그의 동작은 그야말로 눈부시게 빨랐다.

피잉~ 퍽!

"크악!"

쿵!

핑핑핑핑!

"으악!"

"악!"

그는 실로 눈 깜짝할 새 무려 열아홉 발의 화살을 날렸고 모두 명중시키는 신기를 선보였다.

그것은 자경대의 전멸을 뜻했다.

그 모습을 지켜보고 있던 들개파의 입에서 엄청난 함성이 터져 나왔다.

"와아아아~!"

"보스 만세!"

크아아아~!

순식간에 들판 일대가 시끄러워졌다.

무려 사백 명이나 되는 인간이 고함을 질러대니 이 조용한 시골 마을이 무너질 지경이다.

게다가 그 함성 속에는 몬스터들의 괴성도 섞여 있었다.

이대로 두면 고막이 터질 지경이다.

스윽…

"……."

그러나 멘체스터가 오른손을 번쩍 추켜올렸다가 아래로
내리자 언제 그랬냐는 듯 금방 고요가 찾아들었다.

그의 영향력이 얼마나 대단한지 보여주는 대목이다.

"지금부터 사냥을 시작한다. 퐁네 마을 놈들을 모조리 잡
아 와라."

사방이 조용해지자 멘체스터가 마치 속삭이듯 작은 목소
리로 말했다.

"알겠습니다!"

그런 데도 다들 알아들었는지 얼른 대답했다.

"가라!"

"와아아아~!"

그리고 곧 기세등등한 들개파 인간들과 몬스터들이 마을
과 들판을 휘젓기 시작했다.

2

들개파가 본격적으로 등장하기 전에도 렌탈 영지군들은
매일 착실하게 훈련을 하고 있었다.

그들은 실력이 떨어져서 전쟁에 참여하지 못한 것이 아
니라 여러 가지 사정 때문에 빠질 수밖에 없었던 것이다.

그 말은 곧 남아 있는 자들도 태반이 마나를 다룰 수 있

는 병사라는 뜻이다.

어쩌면 손이 모든 병사에게 내공을 익힐 수 있는 방법을 가르쳐 준 것은 이럴 때를 대비해서였는지도 모른다.

오늘도 아침부터 연병장에서는 모든 병사가 모여서 열심히 훈련을 하고 있었다.

발통은 평소에는 너그럽고 과묵한 편이었지만 이럴 때는 몹시 과격한 편이었다.

"지금 장난하나? 1조, 그리고 3조는 모든 동작을 멈추고 단상 앞으로 집합하도록."

"네!"

우르르르…

발통의 명령이 떨어지자 조별로 나누어서 모의 전투를 치르던 1조와 3조 병사들이 큰 목소리로 복창하고 잽싸게 단상 앞쪽으로 집결했다.

눈부시게 빠른 동작이다.

"너희들은 훈련이 장난으로 느껴지나?"

"아닙니다!"

"아니라는 놈들이 그따위로 검을 휘둘러? 제정신이 돌아올 때까지 연병장을 뛰겠다. 만일 한 명이라도 최선을 다해 뛰지 않으면 그때는 각오해야 할 것이다. 알겠나?"

"알겠습니다!"

"그럼 어서 뛰어!"

우르르르…

각 조의 인원은 열 명이다. 십인 부대 개념으로 나눈 탓이다.

그랬기에 지금 여전히 훈련을 하고 있는 인원을 제외한 스무 명의 병사가 연병장을 뛰어서 돌기 시작했다.

발통이 화가 나서 이렇게 뺑뺑이를 돌리면 기본이 백 바퀴다.

한 바퀴에 사백여 미터 정도 되는 것이니 무려 사십 킬로미터 이상을 달려야 한다는 뜻이다. 그것도 그냥 가볍게 뛰는 것이 아니라 거의 전력 질주에 가까울 만큼 빨리 뛰어야만 했다.

일반 병사라면 그렇게 심하게 돌고 나면 탈진하겠지만 렌탈 영지군들은 거의 태반이 마나를 사용할 수 있었기 때문에 다 뛰고 나도 큰 무리는 없었다.

"발통 경, 수고가 많습니다."

"어서 오십시오, 영주 대행님. 갑자기 이 시간에 여기는 웬일이십니까?"

일부 병사들이 연병장을 돌고 있을 때 갑자기 마하엘이 찾아왔다.

그런 그의 뒤에는 끼루가 뒤뚱거리며 따라오고 있었다.

"병사들이 훈련을 잘하고 있는지 그것이 궁금해서 들려보았습니다. 혹시 필요한 것은 없는지요?"

"특별히 필요한 것은 없습니다. 다만 요즘 주변 정세가 심상치 않아 훈련 양을 늘린 만큼 병사들의 체력 유지에 신경 써주시면 감사하겠습니다."

어린 마하엘이었지만 확실히 요즘엔 많이 어른스러워졌다.

스스로가 지금 성안의 총책임자라는 것을 인식하고 있기에 그런지도 몰랐다.

지금도 예전 같으면 신나게 놀고 있을 시간이었지만 그는 연병장까지 찾아와 제법 영주다운 태도를 보이고 있었다.

"아, 무슨 말인지 알겠어요. 식사를 제대로 챙겨주라는 말이지요?"

"허허… 맞습니다. 아무래도 잘 먹고 훈련을 해야지만 체력도 증가하고 전투력과 사기도 올라가는 법이거든요."

그래도 영주 아들이라 그런지 여기저기서 주워들은 이야기가 많은 마하엘이었다. 그랬기에 그는 단숨에 발통의 말뜻을 알아들었다.

그게 무척이나 다행스럽게 여겨졌던지 발통도 빙긋 웃어

보였다.

"알겠습니다. 돌아가는 대로 주방에 가서 오늘 저녁은 닭고기를 준비하라고 말해놓지요. 참, 그나저나 아직 그들에 대한 소식은 없습니까?"

주방으로 가겠다던 마하엘이 갑자기 생각났다는 듯 질문을 던졌다.

여기서 그들이란 들개파다. 발통도 그것을 알아들었는지 금방 대꾸했다.

"다행히 노골적인 움직임은 아직 포착되고 있지 않습니다. 그러나 최근 누군가가 군수물자와 식량을 대량으로 매입해 가는 것으로 보아 머지않은 것 같기는 합니다."

"언제든지 그들이 본격적으로 움직이는 낌새가 보이면 바로 알려주세요. 지난번 우리가 계획했던 대로 바로 준비해야 할 테니까요."

"물론입니다. 저도 그래서 더 이렇게 병사들 훈련에 매진하고 있는 것이지요. 만일 영주 대행님의 말씀이 사실이라면 아무리 그들이라고 해도 충분히 승산이 있을 것입니다. 우리 병사들도 그리 호락호락하지는 않거든요."

어떤 계획인지는 아직 알 수 없었지만 발통은 마하엘의 계획에 적극 동참하기로 한 것 같았다.

그러면서 은근히 자신과 병사들의 능력을 과시했다.

실제로 들개파의 급조된 병사들이 사백여 명이나 된다고
해도 마나를 다룰 줄 아는 병사 백 명이면 충분히 감당하고
도 남았다.

다만 그들 이상의 전력이라고 할 수 있는 몬스터들을 어
떻게 처리하느냐가 가장 큰 문제였지만…

"발통 경만 믿겠습니다. 그럼 나는 이만 가볼게요. 너무
늦게 가서 주문을 하면 아무리 마음 좋은 주방장이라고 해
도 서운해할 테니까요."

"감사합니다, 영주 대행님."

그렇게 발통과 헤어진 마하엘은 곧장 주방으로 향했다.

그러고는 주방장에게 닭 요리를 부탁했다. 이미 렌탈 영
지의 재정은 소피아 상단의 합류 이후부터 부유해진 상태
라 병사들에게 어쩌다 한 번 닭고기를 먹이는 것은 그리 어
려운 일이 아니었다.

"가자, 끼루. 이제 우리도 오늘 훈련을 시작해야지."

끼루~ 끼끼루…

뒤뚱뒤뚱…

아무도 끼루가 날 수 있다고 생각하는 사람은 없었다.

녀석이 의뭉스럽게도 평상시에는 이처럼 엉덩이를 씰룩
거리며 걸어 다니기 때문이다.

그러나 언젠가 한번 보여주었듯이 허공을 날기 시작하면

눈부시게 빠를 뿐 아니라 코끼리만큼 무거운 것을 등에 싣고 날아도 속도가 떨어지지 않을 만큼 무지막지한 힘을 가지고 있었다.

마하엘은 그것을 알고 있었기에 일단 사람들의 시야에서 벗어나면 절대 그냥 걷지 않았다.

"끼루, 이제 날아서 가자."

끼룩끼룩…

덥썩!

슈우웅~!

마하엘의 한마디에 미련스러워 보일 정도로 뒤뚱거리던 끼루의 자세가 달라졌다.

녀석은 오리처럼 생긴 부리로 마하엘이 내민 팔목을 넙죽 물더니 허공을 향해 그대로 날아올랐다.

"이야호! 역시 끼루가 최고야. 하하하하!"

아직은 다 크지 않은 상태라 사람을 이처럼 아슬아슬하게 날게 할 수밖에 없었지만 조금만 더 크면 아예 등에 태울 수도 있을 터였다.

"여기서 내리자."

슈우욱~ 척!

둘은 렌탈 성의 뒤편에 있는 산 속에서 내렸다.

최근 이곳이 끼루의 훈련장이라고 할 수 있었다. 그래서
인지 이미 숲 여기저기에 나무들이 처참하게 쓰러져 있었
고 바위 벽은 반쯤 부서진 상태였으며 땅 일부도 꺼져 있었
다.

"자, 끼루, 오늘도 네 마음대로 힘을 써봐. 단 내가 지난
번에 말했던 대로 산을 완전히 부수면 안 돼. 알겠지?"

끼루루~끼룩끼룩~

마하엘의 말이 떨어지자마자 끼루는 다시 하늘로 떠오르
더니 숲의 여기저기를 들이받기 시작했다.

만일 마하엘이 미리 산을 부수지 말라는 명령을 내리지
않았다면 아예 숲 전체가 사라질지도 모를 만큼 섬뜩한 장
면이다. 그런데 이처럼 위험한 곳에 누군가가 나타났다.

"보지 않았으면 믿을 수 없는 장면이네. 저 녀석이 진짜
그 끼루 맞는 거니?"

"헉! 누, 누구세요?"

백주 대낮에 갑자기 허공에서 사람이 뚝 하고 나타난 상
황이다.

그러니 마하엘이 얼마나 놀랐겠는가. 게다가 상대는 머
리부터 발끝까지 온통 검정 일색이었다.

눈자위와 새하얀 이만 빼고 말이다.

"짜식, 전에 한 번 봤을 텐데 벌써 나를 잊은 모양이군."

"설, 설마… 욜라… 누나?"

렌탈 남작의 아들이라 그런지 그래도 마하엘은 욜라를 본 적이 있었던 모양이다.

아무래도 크롤 백작 사건 때 만났을 확률이 높았다. 그때 슌이 욜라를 모두의 앞에서 아우라고 소개를 했으니 말이다.

하지만 그런 데도 마하엘은 왠지 온몸에 소름이 돋아나고 있었다.

3

슌이 욜라를 렌탈 영지로 보낸 이유는 두 가지다.

하나는 아직 어린 마하엘에게만 이번 일을 맡겨놓자니 걱정이 되어서였고, 또 하나는 지금 렌탈 영지에 필요한 정보를 빠르게 알아낼 수 있게 해주기 위해서다.

그런 이유를 모르고 있는 마하엘은 그저 그녀가 어렵기만 했다.

"저기… 그러니까 지금 누나가 저에게 필요한 정보를 알아내 주시겠다는 말인가요?"

"맞아. 네가 알고 싶은 것은 무엇이든 말해라."

욜라는 슌을 제외한 사람과는 말을 짧게 하는 편이다.

딱 필요한 말만 한다. 어떻게 보면 참으로 실용적인 대화법이지만 막상 그런 사람과 이야기를 나누게 되면 왠지 분위기가 딱딱해지고, 또 그 사람이 무척 차갑게 보이게 마련이다.

지금 마하엘이 욜라에게 느끼는 감정이 그랬다.

마하엘은 욜라가 정확히 어떤 능력을 가지고 있는지 몰랐다.

단지 언젠가 그의 선생님인 숀이 지나가는 투로 제법 쓸만한 아우라고 하는 이야기만 들었을 뿐이다.

그랬기에 꽤나 조심스럽게 질문을 던졌다.

"그럼 혹시… 들개파에 관한 정보도 가능할까요?"

"뭐가 알고 싶은데?"

"그들의 정확한 인원과 전력, 그리고 몬스터를 얼마나 보유하고 있는지가 궁금해요. 아 참, 그리고 진짜로 우리 영지를 노리고 있는지도 알 수 있으면 좋겠어요."

"알았다. 내일 아침까지 알려주지. 그럼 그때 보자."

슉!

"누……."

누나라고 부르기도 전에 욜라는 그 자리에서 사라져 버렸다.

마하엘은 자신이 지금 꿈을 꾸는 것이 아닌가 싶은 생각까지 들 정도였다.

그러나 다음 날 아침, 눈을 뜨자마자 꿈이 아니라는 것을
확실히 알 수 있었다.

"아함~! 잘 잤다. 지금 몇 시나 됐지?"

그는 창밖으로 들어오는 아침 햇살 때문에 일찍 일어날
수밖에 없었다.

그러고는 평소대로 눈을 부비며 시간을 확인하려고 했
다. 그런데…

그가 침대에서 일어나려고 하는 순간 그의 바로 코앞에
서 말이 들려오는 것 아닌가.

"정확히 아침 7시 8분이다."

"으헉! 깜짝이야!"

그 목소리의 주인은 기가 막히게도 여전히 온통 새까만
욜라였다.

"들개파. 보스, 멘체스터. 소드 익스퍼트 중급 실력의 검
술을 보유하고 있음. 휘하에 여기저기서 끌어모은 잡졸들
이 총 사백여덟 명이 있으며 그들의 전력은 일반 영지군 이
백삼십 명 정도와 맞먹음. 이곳 렌탈 영지의 병사로 따지면
약 팔십 명 정도라고 볼 수 있음. 몬스터는 총 아흔여섯 마
리를 보유하고 있는데 그중 오크 전사가 열다섯 마리, 오크

주술사 열다섯, 그리고 미노타우로가 열일곱 마리에 고블린이 모두 마흔아홉 마리임. 이 몬스터들의 힘은 일반 영지군 삼백 명의 힘이라고 할 수 있으며 렌탈 영지군 일백 명과 엇비슷함. 마지막으로 놈들은 지금 렌탈 영지를 차지하기 위해 모든 힘을 집중시키고 있음. 이상."

멍…

"……."

어제 율라에게 의뢰를 할 때만 해도 최소 며칠은 걸릴 것이라고 생각했었다.

그런 데도 그녀가 오늘 아침까지 알려준다고 했을 때 아무 대꾸도 하지 않은 것은 꿈이라고 여겼기 때문이었다.

그러나 지금 보니 꿈이 아닐 뿐더러 율라는 들개파에 관해 너무나도 정확하게 알아가지고 온 것이다.

여기서 들개파 본거지까지의 왕복 거리만 해도 족히 하루 반나절은 말로 달려야 하는 거리인데 말이다.

마하엘이 반쯤 정신을 놓고 입을 딱 벌린 채 아무 말도 하지 못하는 이유다.

"또 알고 싶은 게 있나?"

도리도리…

"좋아, 그럼 오늘부터 이곳에서 신세를 지고 있을 테니 언제라도 내가 필요할 때는 이것을 불어라."

"이, 이건……."

"호루라기라는 건데 꽤 시끄러운 물건이니 꼭 내가 필요할 때만 불어야 한다. 그럼 또 보자."

슉…

할 말이 다 끝났는지 또다시 욜라가 귀신처럼 사라져 버렸다.

만일 자신의 손에 호루라기라는 물건이 들려 있지 않았다면 마하엘은 이것이 분명 꿈이라고 치부해 버릴 정도였다.

"저 누나… 뭐지? 가만… 어쩌면 저 누나를 잘만 활용하면 전투에서 훨씬 유리해질지도 모르겠는데? 전투 중이라고 해도 적의 동태를 미리 알 수 있으면 승리할 수 있을 것 아니야. 와~ 이거 진짜 대박이다! 필요할 때는 부르라고 본인의 입으로 말했으니 나중에 딴소리는 하지 않겠지. 일단 밥부터 잘 챙겨줘야겠다. 헤헤……."

처음에는 마냥 어이가 없었지만 역시 마하엘은 그냥 어린아이가 아니었다.

그는 금방 욜라의 가치를 이해했다. 그녀의 능력이 전쟁에서 얼마나 필요한 것인지를 말이다.

그랬기에 이후 며칠 동안 마하엘은 욜라에게 극진했다.

호루루루루~!

슥…

"또 뭐냐?"

"누나, 이거……."

"그건 또 뭔데?"

그는 뭐가 되었든 일단 좋은 것만 생기면 즉시 호루라기를 불었고 그것을 율라에게 주곤 했다.

"어제 우리 성안에 정기적으로 드나드는 방물장수가 왔었거든. 그 사람 말이 이 향수를 쓰면 그 어떤 이성도 바로 넘어간다고 하더라고. 누나도 아직 시집은 안 간 것 같으니 필요하겠다 싶어서… 헤헤……."

"그딴 거 필요 없… 가만… 향수라고?"

"응!"

"일단 줘봐."

향수는커녕 그 흔한 화장품 한 번 써본 적이 없던 율라다.

그러나 최근에는 옷도 자주 갈아입고 목욕도 자주 하는 등 뭔가 좀 달라져 있었다.

그건 바로 그녀의 마음속에 누군가가 자리를 잡기 시작했기 때문이다. 그리고 그 사람은 유독 코가 예민한 것 같았다.

거기까지 떠올리자 욜라는 문득 향수를 뿌려야겠다는 생
각이 들었다.

"여기……."

"받은 값은 하고 와야겠지? 밤에 보자."

슉~!

그렇게 뭔가를 받으면 욜라는 절대 그냥 있는 법이 없었
다.

지금도 그녀는 향수를 챙기자마자 연기처럼 꺼져 버렸
다. 그러고는 마하엘이 잠자리에 들기 위해 이불을 들추는
그때 다시 나타났다.

"내일 새벽에 움직인대."

"하아암~ 안녕, 누나. 그래, 내일은 새벽에 일어나야…
응? 방금 뭐라고 했어? 누가 새벽에 움직인다고?"

마하엘은 그녀가 또 통상적인 상황 설명을 한 것이라 지
레짐작했다.

그랬기에 태연하게 이불 속으로 들어가면서 이렇게 대답
하다가 갑자기 벌떡 일어났다.

새벽에 움직인다는 그 한마디가 몹시 불길했던 탓이다.

"들개파가 내일 새벽을 기해서 퐁네 마을부터 점령한대.
그러고 나서 렌탈 영지의 마을들을 하나씩 흡수하겠다고
하더라."

"으으… 이놈들이 결국 한번 해보자는 거지? 가만… 이러고 있을 때가 아니지. 내일 새벽이면 이제 얼마 남지도 않았잖아. 누나, 미안. 나 얼른 옷부터 좀 갈아입고 볼게. 알았지?"

"어서 입어라."

마하엘도 이제 벌써 열세 살이다.

나름대로 스스로 사내라고 자부하는데 아무리 연상이라고는 해도 아녀자가 자신이 옷을 갈아입는다고 하는 데도 그 자리에서 꼼짝도 하지 않고 있으니 기가 막혔다.

그런 데다가 아예 입으란다.

"저기 누나… 잠옷을 벗어야 옷을 갈아입지. 그러니 자리 좀 비켜줄래?"

"알았어. 비켜주지, 뭐."

털썩~!

자리를 비켜달라는 말에 율라가 이번에는 그의 방 안에 있는 소파로 가더니 거기에 추저앉았다.

순간 마하엘은 신경질이 나서 소리를 지를 뻔했다.

그러나 이제 곧 전쟁을 치러야 한다는 현실이 떠올라 간신히 그것을 참아냈다.

그러고는 곧 어쩔 수 없다는 듯 고개를 흔들더니 잠옷을 홀랑 벗었다.

그런데 그때…

"꺄아아아~! 이 변태 녀석!"

슉~ 퍽!

갑자기 욜라가 비명을 내지르며 소파 옆에 있던 쿠션을 집어 던졌다.

그리고 그것을 맞은 마하엘은 바닥에 자빠지는 바람에 코피가 터져 버렸다. 그것을 보고 눈물이 나올 지경이었지만 그는 꾹 참으며 아예 대놓고 소리를 질렀다.

"으악~! 코, 코피가… 내가 내 방에서 옷을 갈아입는데 뭐가 변태라는 거야! 그래서 진작부터 나가달라고 했잖아! 씨이~!"

그러자 그런 그를 물끄러미 바라보던 욜라가 이윽고 한 마디 했다.

"그런 거였어? 미안."

슉~!

그야말로 피가 거꾸로 돌 정도로 화가 났지만 마하엘은 결국 참아내며 간신히 옷을 갈아입고는 급히 밖으로 달려 나갔다.

그러면서 있는 힘껏 외치기 시작했다.

"전쟁이다! 어서 모두 일어나라! 적들이 쳐들어온다는 말이다~!"

땡땡땡땡땡!

그리고 곧 전쟁을 알리는 종이 렌탈 성 전체에 울려 퍼지기 시작했다.

『건들면 죽는다』 11권에 계속…

내일을 향해 쏴라

김형석 장편 소설

FUSION FANTASTIC STORY

1만 시간의 법칙!
'성공은 1만 시간의 노력이 만든다'는 뜻이다.

그러나…
사회복지학과 복학생 수.
전공 실습으로 나간 호스피스 병동에서
미지와 조우하다.

1만 시간의 법칙?
아니, 1분의 법칙!

전무후무한 능력이 수에게 강림하다!
맨주먹 하나로 시작한 수의
인생역전이 시작된다!

Book Publishing CHUNGEORAM

청어람이야기 2008-47
WWW.chungeoram.com

강준현 장편 소설

FUSION FANTASTIC STORY

개척자

Pioneer

『복수의 길』의 강준현 작가가 선보이는
2015년 특급 신작!

글로벌 기업의 총수, 준영.
갑자기 찾아온 몽유병과 알 수 없는 상황들.

"…누구냐, 넌?"
혼돈 속에서 순식간에 바뀐 그의 모든 일상.
조각 같던 몸도, 엄청난 돈도, 뛰어난 머리도 모.두. 사라졌다!

스스로도 알 수 없는 낯선 대한민국의 밑바닥부터
다시 시작해야 하는 준영.

"젠장! 그래, 이렇게 산다!
대신 나중에 바꾸자고 하면 절대 안 바꿔!"

그는 과연 이 상황을 극복하고 자신의 운명을
새롭게 개척해 나갈 수 있을 것인가!

Book Publishing CHUNGEORAM

유행이 아닌 자유추구 -
WWW.chungeoram.com

글삶 장편 소설
FUSION FANTASTIC STORY

세상을
다 가져라

[세상을 다 가져라]

문피아 선호작 베스트 작품 전격 출간!
현대판타지, 그 상상력의 한계를 넘어서다!

권고사직을 당한 지 2년째의 백수 권혁준.

우연히 타게 된 괴상한 발명품으로 인해
과거로 회귀한다!

그런데
과거로 온 혁준의 손에 들려 있는 것은 바로
최신형 스마트폰!

"까짓 세상, 죄다 가져 버리겠다 이거야!"

백수였던 혁준의 짜릿한 인생 역전이 시작된다!

Book Publishing CHUNGEORAM

유행이 아닌 자유추구-
WWW.chungeoram.com